낭만 꽃송아

오주영 창작동화집
경혜원 그림

사□계절

차례

낭만 복숭아

이게 내 다리인가, 코끼리 다리인가. 헷갈릴 만큼 오른쪽 발목이 퉁퉁 부었다. 의사 선생님은 일단 엑스레이를 찍어 보고 얘기하자고 했다. 나는 정형외과의 딱딱한 대기실 의자에 앉아 샌들 밖으로 나온 발가락을 꼼작대었다. 새끼발가락에서 찌릿찌릿 전기 오는 느낌이 들었다.

"고승아 환자님, 방사선실로 들어오세요."

나는 오른발을 절뚝이며 방사선실로 들어갔다.

"고승아 환자님, 발목에 복숭아뼈가 나갔는지 찍겠습니다. 검사대에 누우세요."

목뼈, 발가락뼈, 정강이뼈 같은 말은 상상할 거리가 없다. 어느 자리에 있는 뼈인지 이름만 들어도 알 수 있다. 복숭아뼈는 다르다. 달콤한 느낌이다. 나는 복숭아를 좋아한다. 딱딱한 복숭아 말고, 하얀 껍질에 분홍 물이 든 말랑말랑한 복숭아가 좋다. 고승아라는 이름 때문에 내 인생 12년을 따라다닌 별명이 복숭아였다.

찰칵, 찰칵, 찰칵.

엑스레이를 모두 찍었다.

"고승아 환자님, 다 됐어요. 나가서 기다리세요."

"엄마, 화났어?"

튼튼 정형외과에서 뼈를 찍는 방사선사가 우리 엄마다. 엄마는 쌀쌀맞게 말했다.

"화 안 났습니다, 고승아 환자님. 그렇게 하지 말라고 해도 도둑놈처럼 연립 주택 담벼락 넘어가다 발목 꺾어 온 장한 딸내미한테 하나도 화나지 않았어요. 여름 방학 하자마자 아주 잘하는 짓이죠. 훌륭해요."

제대로 열 받으셨다.

엄마가 뭐라고 해도 담벼락 넘기는 포기가 안 된다. 우리 연립에는 정문밖에 없고, 연립 주변을 담이 빙 둘러싸고 있다. 내 허리쯤 오는 높지 않은 담이다. 집 뒤쪽 길로 가려면 정문으로 나가 반 바퀴를 돌아가야 한다. 그래서 연립에 사는 몇몇 현명한 사람은 뒷담을 넘어 다닌다. 그중에 한 명이 나다. 오늘은 운이 없었다.

나는 수학 학원 시간에 맞춰 계단을 후다닥 뛰어 내려와 다른 날이랑 똑같이 양손으로 뒷담을 짚고 넘어갔다. 하필 누가 담 너머에 쓰레기봉투를 버려 놓고 갔을 줄이야. 쓰레기봉투를 피해 착지하다 발목이 확 꺾였다. 화끈한 통증이 다리를 타고 올라왔다. 시큰시큰한 발목으로는 골목을 가로지르는 것도 힘들었다. 결국 엄마가 일하는 정형외과로 목적지를 바꿨다. 담벼락을 넘다 삐었다고 솔직하게 말하자 엄마는 도끼눈으로 나를 째려보며 병원에 접수했다. 그러곤 지금까지 저렇게 '화났음' 티를 내고 계신다.

"엄마, 나 방학에 공부 열심히 하려고 마음먹었잖아. 기찬 수학 학원 늦을까 봐 서두르다 그랬어."

"학원에 10분 일찍 나가면 발가락에 무좀 생기나요? 환자님."

"엄마, 환자한테 너무 까칠해."

검사실에서 쫓겨났다. 절뚝이는 딸이 걱정되지도 않나.

의사 선생님은 내 뼈 사진을 신중히 들여다보았다. 엄마가 내 옆에 서서 선생님 말을 같이 들었다. 선생님은 복숭아뼈 주위에 인대가 늘어났다고, 2~3주 정도 지켜보자고 했다.

복숭아뼈 모양은 좀 실망스러웠다. 길쭉한 정강이뼈와 종아

리뼈 아래 붙어 있는 불룩한 뼈일 뿐이었다. 정강이뼈 아래 붙은 건 안쪽 복숭아뼈, 종아리뼈 아래 붙은 건 바깥쪽 복숭아뼈라고 했다.

나는 주사를 맞고 물리 치료실에서 물리 치료도 받았다. 끼었다 뺄 수 있는 깁스까지 한 다음 대기실에 앉아 엄마를 기다렸다. 시계가 저녁 6시를 넘겼는데도 창밖이 환했다. 여름 방학 사흘째에 코끼리 다리가 될 줄은 나도 몰랐다.

병원이 끝나자 가운을 벗은 엄마가 방사선실을 나왔다. 엄마와 함께 집으로 향했다. 그리 멀지 않은 길이 불편한 발 때문에 길고도 길게 느껴졌다. 자전거 한 대가 우리 곁으로 느리게 지나갔다.

"안녕하세요."

이찬이였다.

"이찬아, 학원 끝났어?"

우리 엄마와 이찬이 엄마는 친구다. 연립 이웃이던 이찬이네는 옆 아파트로 이사했는데 같은 연립에 살던 때부터 지금까지 동네 친구로 지낸다. 기찬 수학도 이찬이네 엄마가 추천한 학원이었다.

이찬이 눈이 내 발 깁스에 머물렀다.

"이찬아, 얘는 왜 이렇게 덜렁이니? 연립 뒷담 넘다가 발목 접혔다."

나는 엄마 입을 막으려고 이찬이에게 말했다.

"나 2주는 수학 학원에 못 가."

엄마가 눈썹을 치켜들었다.

"못 가긴 왜 못 가? 학원 갈 때 30분 일찍 나가서 천천히 걸어가."

"엄마, 나 다리 다쳤는데……."

"안 돼. 수학 늪에서 꿈틀대는 초보 굼벵이가 뭘 믿고 빠져? 뼈는 말짱하니까 걸어도 괜찮아. 무조건 가."

솔직히, 나도 수학 학원에 빠지는 게 아쉬웠다. 수학은 싫어도 이찬이는 좋으니까. 이찬이는 나보다 더한 수학 굼벵이다. 기초반에 같이 다니게 되어서 얼마나 좋았는데.

"아줌마, 제가 복숭아 배달할까요?"

배달? 이찬이를 봤다. 넓은 이마가 드러나는 짧은 앞머리, 토끼털처럼 연하고 부드러워 보이는 눈썹, 그 아래 기다란 눈이 반달을 만들며 웃고 있었다.

"자전거에 태우고 가면 수학 학원 금방이에요."

엄마 얼굴이 환해졌다.

"이찬아, 여기서 이럴 게 아니라 떡볶이 회담을 하자. 매운 떡볶이 어때?"

어쩌다 보니 이찬이와 떡볶이를 먹게 됐다. 엄마까지 셋이 긴 하지만……. 이찬이와 떡볶이집에 온 건 초등학교에 들어온 다음 처음이었다. 떡볶이와 어묵을 앞에 두고 이찬이와 엄마가 배달 아르바이트를 계약했다. 이찬이는 일주일에 세 번, 하루 배달료 4천 원씩에 나를 학원과 집에 왕복 배달하기로 했다. 수학 학원 문제를 해결한 엄마 얼굴이 확 폈다. 나는 뭐, 입가가 실룩실룩 올라가려고 해 떡볶이를 계속 우물대야 했다.

이틀 뒤인 수요일, 이찬이한테 문자가 왔다.

– 정문 앞에서 3시 40분에 봐.

'응.' 하면 너무 딱딱한데. '알았어.'는 더 딱딱하고. '좋아.'라고 할까? 좋아, 라고 쓴 답 문자 뒤에 손가락이 멋대로 한 글자를 더 찍었다. '좋아해.'가 되고 말았다. 가슴이 둥당거렸다. 나는 문자를 모두 지워 버리고 'ㅇ.'만 보냈다.

시간에 맞춰 집을 나왔다. 연립 정문 앞에 이찬이가 자전거를 세워 놓고 서 있었다. 이찬이는 이가 보이도록 활짝 웃으며 자전거를 툭툭 쳤다.

"여기 타. 네 자리 만들었어."

자전거에 쿠션으로 된 짐받이가 달려 있었다.

"박이찬, 떨어뜨리기만 해 봐."

"엄살 금지. 꽉 잡기나 해."

나는 짐받이에 앉아 이찬이 허리를 붙잡았다. 자전거가 출발했다.

자전거는 덜컹거리며 달렸다. 혼자서 늘 걸었던 길인데, 이찬이 자전거로 가니까 모든 게 달랐다. 플라타너스 그늘 아래 덜덜거리는 자전거와 출렁이는 바람과 물결치는 풀에 마음이 붕 들떴다.

이찬이 허리에서 뜨뜻한 열기가 손으로 전달됐다. 자전거가 덜컹덜컹 흔들리는 동안 가슴이 쿵쾅쿵쾅 뛰었다. 이찬이에게 내 가슴 소리가 들릴까 봐 걱정될 정도였다. 절뚝거리며 걸었다가는 세월아 네월아, 했을 길을 자전거가 성큼 줄여 줬다. 벌써 학원 건물에 도착했다. 나는 이찬이가 자전거에 자물쇠를 감는 동안 혼자 건물로 들어왔다. 화장실로 가 얼굴을 보았다. 볼이 발갛게 달아올라 있었다.

"나 왜 이러니."

나는 화장실에 쭈그려 앉았다.

처음부터 설렌 건 아니었다. 어린이집 다닐 적에 이찬이는 내 뒤를 졸졸 따라다녔다. 그땐 이찬이가 자꾸 내 손을 잡는 게 귀찮았다. 초등학교에 들어오면서 이찬이와 반이 갈렸을 때도, 이찬이가 옆 아파트로 이사할 때도 그런가 보다 했다. 이찬이는 유치원 동창일 뿐이었으니까. 나는 새로 사귄 친구들과 노느라 바빴다.

그런데 5학년 때 같은 반이 된 뒤로 뭔가가 달라졌다. 이찬이가 자꾸 눈에 들어왔다. 그러다 지난달에 그 일이 생겼다. 우산 실종 사건. 동네 작은 도서관에서 책을 골라 나왔는데 입구에 두었던 우산이 사라지고 없었다. 빌린 책이 젖을 것 같아 다시 반납하고 가야 하나 고민할 때 이찬이를 보았다. 생각보다 말이 먼저 튀어 나갔다.

"이찬아, 우산 좀 빌려줘."

이찬이가 황당한 얼굴로 말했다.

"나는?"

"그렇지?"

말해 놓고도 멋쩍었다. 그런데 이찬이가 말했다.

"다는 안 되고, 반쪽만 쓸래?"

얼렁뚱땅 우산을 쓰게 됐다. 집으로 가는 내내 이찬이 어깨가 내 어깨에 부딪혔다. 빗방울이 둥근 우산 위로 떨어지며 노래를 만들었다. 톡톡 투두둑 소리에 맞춰 마음이 동당동당 춤을 췄다. 이찬이와 연립 앞에서 헤어졌다.

"잘 가."

이찬이가 웃었다. 왼쪽 보조개가 옴폭 파이며 윗니가 환하게 드러났다. 가슴 안에서 작은 북이 울려 왔다. 이날 내 심장이 고장 났다. 나는 박이찬을 볼 때마다 심장이 멋대로 쿵쾅쿵쾅 뛰어 댄다.

수학 선생님 잔소리를 음악처럼 들으며 한 시간을 보내고 다시 이찬이 자전거로 집에 돌아왔다. 엄마가 저녁 식탁에서 말했다.

"이찬이가 너 무겁다고 안 해? 너 달고 자전거 끌려면 힘들 텐데."

엄마는 자전거로라도 학원에 가라고 등 떠밀더니 은근히 신경 쓰였나 보다.

"이 동네는 언덕도 없어서 안 힘들대. 자전거로 가니까 편

해."

"그러면 다행이고. 승아야, 시금치무침 더 먹어. 너 복숭아뼈 멀쩡한 것도 뼈가 튼튼한 덕이야. 사람은 첫째도 뼈 건강, 둘째도 뼈 건강이야."

"집에서도 뼈 얘기야? 엄만 뼈가 안 지겨워? 하루에 백 장도 넘게 찍는데."

"지겹긴. 난 어릴 때부터 뼈에 관심이 많았다? 옛날에는 공룡 뼈를 찾는 게 꿈이었어. 파란 하늘 아래 고사리 평원을 어슬렁거리는 브라키오사우루스를 떠올려 봐. 기린처럼 목을 쭉 펴서 나뭇잎을 우아하게 먹는 거야. 그 목뼈는 어떻게 생겼을지 궁금하지 않아? 어릴 적에는 땅속에 묻힌 공룡 뼈를 찾아내려고 뒷산 여기저기를 팠어. 그러다 내가 파 놓은 구덩이에 네 할머니가 넘어져서 흠씬 혼났어."

공룡 뼈를 찾던 아이는 왜 커서 사람들 뼈를 찍는 어른이 되었을까.

내가 묻지도 않았는데 엄마가 먼저 말했다.

"어찌어찌하다 보니 방사선사가 되었는데, 그 덕에 엑스레이 사진으로 뼈를 보고 또 보네."

엄마가 휴대폰에서 등뼈 사진을 찾아 내밀었다.

"이거 볼래? 네 할아버지야."

"어휴, 엄마. 밥 먹는데."

내가 눈을 찌푸리자 엄마가 깔깔 웃었다.

"나 키우느라 등이 이렇게 굽으셨어. 지금도 건강하시니 다행이지."

"엄만 뼈 사진을 왜 갖고 다녀?"

"가족들 뼈 사진을 보면 힘이 나. 뼈라는 게 살다 보면 굽고 닳아 버리게 마련이거든. 나는 네 아빠의 뻣뻣한 목뼈도, 네 할머니의 관절염 온 손가락뼈도 다 소중해. 변해 버린 뼈 모양은 열심히 살아온 증거야. 난 그걸 찍는 사람이고."

엄마 말이 다 이해되진 않았다. 내 뼈는 자라고 있었다. 작년보다 지금의 내가 크고, 봄보다 여름의 내가 크다. 나는 시금치무침을 입에 넣고 우물우물 씹었다.

"승아야, 사람 몸에서 가장 달콤한 뼈가 뭔지 알아?"

"달콤한 뼈가 있어?"

엄마가 식탁 아래로 몸을 숙였다. 엄마는 깁스하지 않은 내 왼 발목에 둥글게 튀어나온 복숭아뼈를 간지럽혔다.

"맛있는 복숭아뼈 내놔라."

발을 뒤로 뺐다. 그럼 그렇지.

다음 날에도 나는 이찬이 자전거를 타고 수학 학원에 갔다. 나는 학원에서 마주친 사람들의 뼈대를 관찰했다. 빼빼 마른 수학 선생님은 어깨가 조금 비뚤어졌다. 목소리가 큰 태평이는 목뼈가 긴 것 같고, 수학을 잘하는 용주는 등뼈를 콩 벌레처럼 굽히고 있다. 이찬이는 문제가 안 풀리는지 연필 끝을 씹고 있었다. 헐렁한 티셔츠 안에 움푹 파인 쇄골이 보였다. 이찬이의 왼쪽 손가락이 책상을 톡톡 두드렸다. 이찬이는 손목뼈도 길고 매끈하겠지?

"승아야, 어디 정신 팔고 있어?"

수학 선생님이 내 앞에 서 있었다. 나는 문제집을 보기 위해 고개를 푹 숙였다.

수업이 끝났다. 문제를 다 푸는 대로 나갔는데 내가 뒤에서 이등, 이찬이가 꼴찌였다. 나는 복도에서 이찬이를 기다렸다가 같이 건물 밖으로 나왔다. 날이 푹푹 쪘다. 이찬이가 고생할 것 같았다.

"이찬아, 아이스크림 먹고 가자. 내가 살게."

우리는 편의점에서 아이스크림을 골랐다.

이찬이가 머리를 흔들며 말했다.

"수학은 진짜 재미없어. 기호랑 공식이 싹 사라지면 좋겠다."

"샘들 만날 그러시잖아. 영어랑 수학은 죽어라 하라고. 대학에 가서 진짜 하고 싶은 공부 하려면 지금은 수학을 딴딴하게 다지라니 뭐 어쩌겠어."

이찬이가 나를 보았다.

"나는 진짜 하고 싶은 공부가 없어. 너는?"

"지금은 공부보다 다른 데 관심이 있어."

"그게 뭔데?"

박이찬이라고 어떻게 말해. 박이찬은 내 최고 관심사다. 내 가슴은 지금도 떨리는 중이었다. 나비들이 팔랑팔랑 바람을 만들어 가슴을 간질이는 것 같았다.

더위에 콘 아이스크림이 금방 녹았다. 아이스크림 물이 손을 타고 주르르 흘러내렸다.

"에이, 끈적끈적해."

"나도."

나는 아이스크림을 티셔츠 옆 자락에 닦아 냈다. 그걸 본 이찬이가 내 티셔츠 옆 자락에 제 손을 쓱 닦았다. 얼굴이 뜨거워졌다.

"박이찬, 네 옷에다 해."

이찬이가 웃음을 터트렸다. 가슴속에 둥당둥당 울리는 북소리를 태평이 목소리가 끊어 냈다.

"이찬아, 뭐 해?"

태평이가 우리를 보며 갸웃거렸다.

"너희 요즘 계속 같이 다닌다? 둘이 사귀어?"

이찬이가 태연히 말했다.

"아르바이트 중이시다. 승아네 엄마가 승아 학원 배달비 왕복 4천 원씩 주신대."

태평이 눈이 반짝였다.

"와오, 꿀 알바. 나한테 넘길 생각 없어?"

"안 돼. 나 살 거 있어. 용돈 모으는 중이야."

"너 새 자전거 사려고 용돈 모으지? 얼마나 오래 배달할 거 같아?"

이찬이가 넙죽 대답했다.

"아줌마가 승아 깁스 2주에서 3주는 갈 거래."

"승아야, 이찬이 새 자전거를 위해 오래오래 깁스해 줘라."

기분이 언짢았다. 말이 퉁명스럽게 나왔다.

"친절한 말 고맙다."

이찬이와 태평이는 게임 이야기로 시시덕대었다. 둘이 말하는 동안 가슴이 얼얼해졌다. 이찬이는 충실하게 배달 아르바이트를 하고 있었다. 새 자전거를 사려고.

더는 멀뚱히 있기 싫었다. 나는 둘이 이야기하도록 놔두고 몸을 돌렸다. 기분이 울적해 더 있을 수가 없었다. 이찬이랑 빨리 멀어지고 싶은데 오른 발목이 쑤셔서 빨리 못 걷는 게 속상했다. 바보 같은 복숭아뼈.

금세 태평이를 보낸 이찬이가 자전거를 끌고 내 옆으로 달려왔다.

"승아야, 자전거 타고 가."

"됐어. 그냥 걸을래."

"왜? 내 뒤에 타."

그래야 왕복 배달비가 입금되겠지.

"그냥 걸어가고 싶어. 오늘은 나 혼자 갈게."

이찬이가 어쩔 줄 몰라 했다.

"이찬아, 배달비 걱정하지 마. 엄마한테는 네가 바래다줬다고 할게."

이찬이가 한 걸음 앞에서 우뚝 섰다. 이찬이는 뭐라고 말할 듯 우물쭈물하다가 입을 다물었다. 나는 모르는 척 계속 걸었다. 다리에서 저릿저릿 아픔이 올라왔지만 그냥 걸었다. 뒤에서 자전거 바퀴가 느릿느릿 움직이는 소리가 들렸다. 소리는 내 뒤를 졸졸 따라왔다.

날이 더웠다. 등에서 땀이 흘렀고, 깁스한 다리에도 땀이 찼다. 나뭇잎을 뚫고 무늬를 그린 햇살이 바닥에 어룽거렸다. 어느덧 자전거 바퀴 소리가 사라지고 매미 소리가 주변을 채웠다. 이찬이는 다른 데로 가 버렸을까. 뒤를 돌아볼 수가 없었다. 이찬이가 있을까 봐. 아니, 이찬이가 없을까 봐.

나는 발을 멈췄다. 나 혼자 지금껏 뭐 한 거지. 발끝을 노려보고 있는데 뒤에서 이찬이가 나를 불렀다.

"승아야, 네 앞에 길 건너편 봐."

길 건너에는 하얀색 과일 트럭이 서 있었다. 빨간 바구니에 담긴 사과가 보였다. 이찬이가 외쳤다.

"사과만 판다."

어이가 없었다. 과일 트럭이 뭐라고. 나는 고개를 돌려 이찬이를 노려보았다.

보도블록 끝에서 이찬이가 붉어진 얼굴로 나를 보고 있었다.

"나는 복숭아가 좋아."

이찬이 목소리가 기타 줄처럼 바르르 흔들렸다.

심장이 터질 듯 부풀었다. 가슴속에서 출렁이던 파도가 반짝

반짝 부서졌다. 복숭아뼈에서 올라오는 통증이 아릿하고 달콤
했다. 엄마 말이 맞았다. 복숭아뼈는 달콤한 뼈다. 복숭아 과즙
을 한가득 입에 문 듯 달콤한 느낌에 얼굴이 홧홧하게 달아올
랐다.

요령 단추

휴대폰 속 엄마 목소리가 바르르 흔들렸다.

-서라야, 어디야?

"먹자골목 일품 마라탕. 전에 엄마 아빠랑 왔던 데."

겨울 방학 끝 무렵이었다. 서라는 친구 차예와 만리동 먹자
골목으로 놀러 나왔다. 걸어서는 20분이 넘게 걸리는 곳이라
아빠가 태워 주었다. 아빠는 운전하는 내내 내일 뒷산에 같이
오르자고 서라를 구슬렸다. 혼자 오르는 날이 갈수록 많아져
섭섭하다면서 말이다.

서라는 차예와 인형 뽑기를 하고 놀다 마라탕 가게로 들어와
엄마 전화를 받았다. 서라의 대답을 들은 엄마가 서둘러 전화
를 끊었다.

"서라야, 왜?"

서라는 어깨를 으쓱이고는 벽에 붙은 매운맛 단계 안내문을

가리켰다.

"차예야, 난 3단계까지만 먹어 봤어. 아빠가 그러는데 4단계 진짜 맵대."

"백서라 선수, 빼는 거 아니죠? 5학년이 되는데."

차예가 양 주먹을 당차게 들었다.

"같이 도전."

4단계 마라탕은 매웠다. 눈에 눈물이 그렁그렁할 정도였다. 서라는 혀를 내밀며 고개를 설레설레 저었다. 차예가 휴지에 콧물을 팽 풀며 말했다.

"이건 청양고추를 씹어 드시던 우리 할머니라도 우셨을걸."

마라탕을 반쯤 비웠을 때 엄마가 급히 식당 안으로 뛰어 들어왔다.

"서라야, 가자. 교통사고 났어. 아빠가 병원에 있어."

엄마 손이 서라를 잡아끌었다. 서라는 차예에게 뭐라 말할 겨를도 없이 밖으로 끌려 나갔다. 엄마가 식당 앞에 세워 두었던 택시로 서라를 밀어 넣었다.

서둘러 병원에 왔지만 막상 할 수 있는 일은 없었다. 조금 전까지 차예와 마라탕을 먹고 있었는데. 입안에 매콤한 맛이 가시기도 전에 수술실에 들어간 아빠를 기다려야 한다니, 거짓말

같았다. 멍하니 있는데 휴대폰으로 연락이 왔다.

차예: 서라야, 너희 아빠 괜찮으셔?
서라: 계속 수술실에 계셔.

그 뒤로 내리 휴대폰 게임을 했으나 시간은 제자리걸음이었다. 서라는 아빠와 나눈 문자를 찾아보았다. 이틀 전 목요일 밤에 한 대화가 마지막이었다.

서라: 아바마마. 붕어빵이 아른거리옵니다.
아빠: 오냐, 백설 공주. 내 친히 사서 가겠노라.

백설 공주는 아빠만 부르는 서라 별명이었다.
이날 서라는 문자를 받고 거실 바닥에 드러누워 숙제를 했다. 8시가 조금 넘었을 때 초인종이 울렸다. 현관문을 열자 아빠가 붕어빵 봉투를 번쩍 들어 올렸다. 서라는 봉투를 잡으려고 팔짝팔짝 뛰다가 작전을 바꿨다. 아빠 옆구리를 간지럼 태우고 정수리를 아빠 가슴에 마구 비볐다. 그러다 와이셔츠 단추에 서라 머리카락이 엉켰다. 아빠가 쩔쩔매며 머리카락을 풀

어 보려고 했지만 잘 안 됐다. 소동은 엄마가 눈썹 가위로 늘어진 단추와 서라의 엉킨 머리 몇 가닥을 잘라 내고야 끝났다. 서라는 그 단추를 동전 지갑에 간직했다.

'맞아, 아빠 단추가 여기 있어.'

서라는 가방에서 동전 지갑을 찾았다. 단추를 꺼내 쥐고 수술실에 있는 아빠를 불렀다.

'아빠, 나 문밖에 있어요. 어서 일어나요. 이리로 나와 줘요.'

서라는 믿었다. 조금만 기다리면 아빠가 멀쩡히 수술실을 나올 거라고. 눈을 뜨고 서라를 부를 거라고. 아빠는 수술하느라 주말에 뒷산도 못 다녀왔다고 투덜댈 거다. 옆에서 엄마가 두 손을 모으고 중얼거렸다.

"괜찮아. 괜찮을 거야."

아빠는 괜찮지 않았다. 다음 날 서라는 병원 지하 장례식장에 있었다. 장례식장으로 아는 얼굴과 모르는 얼굴이 뒤섞여 들락거렸다. 차예와 차예 엄마도 잠시 머물다 떠났다. 서라는 주방 구석에 쭈그려 앉아 얼굴을 무릎 사이에 파묻었다. 아무 생각도 들지 않았다. 구겨진 빈 봉지가 된 기분이었다.

가까운 상에 앉은 친척 어른들이 나지막이 이야기를 나눴다.

"뒤차가 갑자기 달려와 서라 애비 차를 박았다지?"

"졸음운전에 당했어. 창창한 나이에 서라를 두고 그리 가나."

뒤차에 부딪힌 아빠 차는 옆 차선으로 밀려나 트럭과 다시 한번 부딪혔다고 했다.

단추를 쥔 서라 손에 타닥 전기가 올랐다.

"앗."

서라가 소스라쳐 고개를 들었다. 자리에서 일어나던 친척 어른이 엉거주춤한 채 기우뚱거렸다. 서라는 옆으로 몸을 돌려 피했다. 친척 어른은 조금 전까지 서라가 깔고 앉아 있던 방석에 엉덩방아를 찧었다.

"하이고, 너무 마셨나."

친척 어른이 비틀대며 다시 일어섰다.

서라는 손을 펴 단추를 내려다보았다. 뭐였을까.

장례식을 마치고 집으로 돌아온 지 이틀이 지났다. 서라는 다시 신호를 받았다. 부엌에 갔을 때 단추에서 전기가 일어 퍼뜩 멈춰 섰다. 한 걸음 앞에서 깨진 유리 조각이 반짝였다. 전날 엄마가 깨트린 유리컵 조각이 남아 있었다. 따끔한 신호. 한 번은 우연일 수 있다지만 두 번도 우연일까.

서라는 엄마에게 단추 이야기를 했다. 아빠가 단추를 통해 지켜 주는 것 같다고. 눈이 벌게진 엄마가 고개를 흔들었다.

"서라야, 그런 일은 있을 수 없어."

서라는 차예에게 문자를 했다. 단추에서 온 신호 덕에 위험을 피했다고 알려 줬다.

서라: 차예야, 아빠 영혼이 단추에 들어갔을까? 아빠가 날 지켜 준 걸까?

차예: 그럴지도 몰라.

서라 말을 들어 주는 사람은 차예뿐이었다. 서라는 차예와 수없이 문자를 나눴다.

방학이 끝나고 서라는 학교에 갔다. 아빠가 돌아가신 후 처음 집을 나온 거였다. 서라는 복도에 서서 5학년 4반 교실을 들여다보았다. 차예 주변을 아이들이 동그마니 둘러싸고 있었다.

"그 마라탕 가게가 좀 멀거든. 서라 아빠가 차로 태워 주셨어. 우리 바래다주고 회사에 뭐 가지러 가신다고 했어. 그 길에 사고가 난 거야."

차예 말에 한 애가 중얼거렸다.

"서라 어떻게 해."

단비가 물었다.

"차예야, 서라는 아직도 단추 얘기해?"

"응. 단추에 아빠 영혼이 깃들어 지켜 주는 것 같대. 영혼이 정말 있을까?"

"영혼은 하늘나라로 가야지. 좀 이상하다."

단비 대꾸에 차예가 피시시 웃었다.

"솔직히 나도 잘 모르겠어."

서라는 입술을 깨물었다. 차예만은 믿어 준다고 생각했는데 착각이었다. 심지어 교실에서 아빠와 단추 얘기를 떠들고 있을 줄 몰랐다. 가슴이 납작하게 조여 왔다.

"우리 아빠는."

아이들이 문 앞에 선 서라를 발견했다.

"아빠는 떠나지 않았어. 나하고 같이 있어."

서라는 차예를 무섭게 노려보았다. 당황한 차예가 입을 꼭 다물고 눈동자를 옆으로 굴렸다. 조용해진 교실 안에 불편한 긴장이 흘렀다. 언제부터 지켜본 건지 복도에서 걸어온 선생님이 서라 어깨에 손을 올렸다.

"우리 할아버지는 3년 전에 돌아가셨단다. 선생님은 아직도 할아버지가 옆에 계신 것 같아. 서라도 그럴 거야."

굳은 점토처럼 변한 교실 풍경은 선생님 말씀에도 달라지지 않았다. 서라는 고집스러운 얼굴로 자리에 앉았다. 아빠 단추가 놀림감이 되어 버린 듯해 화가 끓었다. 학교에서는 절대로 단추를 꺼내지 않겠다고 마음먹었다.

수업이 끝난 뒤 차예가 다가왔다.

"서라야, 가자."

차예가 아무 일도 없었던 듯이 말하자 서라는 차예를 물끄러미 보았다. 아침에 폭발할 듯 뜨거웠던 가슴은 오후가 되며 얼음덩이처럼 차가워졌다.

"차예야, 단추 얘기 애들한테 왜 했어?"

"어? 다들 궁금해해서……."

믿지도 않으면서.

"네가 말하니까 궁금해했겠지."

차예는 수다쟁이였다. 참새처럼 돌아다니며 이야기를 모으고 퍼뜨렸다. 전에는 서라도 차예가 물어 온 이야기를 흥미진진하게 듣곤 했다.

"다른 애들이 모르는 얘기를 떠들고 싶었을 거야. 차예 넌 그런 애니까."

"서라야, 왜 그래?"

차예 눈에 눈물이 고였다.

"겨울 방학 동안 나한테 한 문자, 걱정해서 한 거니, 궁금해서 한 거니? 아, 대답은 안 해도 돼. 이미 알 것 같거든."

"너무해."

차예가 후드득 눈물을 쏟았다. 서라는 교실에서 나왔다.

이튿날부터 차예는 서라를 피했다. 며칠 지나서는 단비네 무리와 같이 다녔다. 서라는 마음에 열이 났다. 툭툭 화가 솟아 행동이 더 거칠어졌다. 다른 아이들은 하나같이 불편한 얼굴로 서라를 조심했다. 그 속에서 서라의 하루는 달팽이가 기어가듯 느릿느릿 흘러갔다. 그래도 한 주가 갔고, 한 달이 갔다. 시간은 점차 한 학기 끝을 향해 나아갔다.

그간에도 단추는 드문드문 따끔한 신호를 주었다. 복도 수돗가에 쏟아진 물통도 단추 신호 덕에 피할 수 있었다. 운동장에서 단추를 쥔 손이 따끔해 발을 멈추자 축구공이 코앞에서 날아가기도 했다. 단추가 사고를 미리 알려 준 거라고 아무도 믿지 않을 것이다. 서라는 아무래도 좋았다. 중요한 건 주머니에 단추가 있다는 사실이었다.

단추를 깜빡한 채 체육복을 입고 학교에 다녀온 날이었다. 서라는 단추를 넣어 둔 바지가 방에 없어 깜짝 놀랐다. 젖은 바지가 세탁실 건조대에 걸려 있었다. 서라는 축축한 바지 주머니에 손을 넣어 휘저었다. 단추가 없었다.

"엄마, 왜 그래? 왜 맘대로 방에 들어와서 내 옷을 만져?"

"더러워졌으니까 빨았지. 너 요즘 엄마한테 자꾸 소리 지른다?"

서라는 세탁실에 쪼그려 앉아 바닥을 샅샅이 뒤졌다. 아무리 찾아도 나오지 않던 단추는 세탁기 통 안에 끼여 있었다. 시계가 어느덧 6시를 가리켰다. 방으로 돌아왔다. 서라는 단추를 책상에 올려 두고 서랍에서 긴 끈을 꺼냈다. 실을 꼬아 만든 얇고 탄탄한 끈은 아빠의 진보라색 플리스 점퍼 주머니에 들어 있던 것이었다. 덜렁이 아빠는 주머니에 동전과 영수증, 고무줄, 사탕 등 자질구레한 것들을 넣어 놓고 깜박해 엄마에게 혼이 나곤 했다.

서라는 끈을 팔목에 묶어 보았다. 때마침 엄마가 서라 방문을 열었다. 책상 위 단추를 보고 엄마는 한숨부터 뿌렸다.

"그 단추 찾느라 그렇게 삐딱하게 굴었어?"

서라는 단추를 꼭 쥐고 퉁명스레 대꾸했다.

"난 알아. 엄마는 아빠 영혼이 여기 있는 게 싫은 거야."

여름의 길목에서 엄마는 아빠 물건을 걷어 내기 시작했다. 아빠가 신던 곰돌이 슬리퍼, 탁자에 놓여 있던 아빠 손톱깎이, 아빠가 책을 읽을 때 쓰던 뿔테 안경, 아빠가 먹던 비타민 약통, 아빠가 쓰던 마사지기……. 거실에 나와 있던 아빠 물건이 하나둘 사라졌다. 옷장에 있던 아빠 옷은 서라가 학교에 다녀온 어느 날 몽땅 사라졌다. 그중에는 서라가 제 책상 의자 등받이에 걸쳐 두었던 진보라색 플리스 점퍼도 있었다.

서라는 아빠 점퍼를 몸에 두르는 게 좋았다. 점퍼에는 아빠 냄새가 배어 있었다. 풀 한 줌, 햇살 한 줌, 그리움 한 줌. 많은 것이 뒤섞인 다정한 냄새가 서라를 감쌌다. 그 점퍼를 엄마는 성가신 물건처럼 다른 옷더미와 같이 치워 버렸다. 중고 가게에 기증했다느니 필요한 사람이 쓰게 될 거라느니 하는 말은 서라 귀에 들어오지도 않았다.

"내가 모를 줄 알아? 엄마는 아빠 물건이 다 사라졌으면 해. 다 지워 버리고 싶지."

엄마가 양손으로 관자놀이를 꾹 눌렀다.

"허튼소리 그만해. 아빠 돌아가신 지 세 달도 넘었어."

서라는 책꽂이에서 책을 뽑아 벽에 던지며 악을 썼다.

"아니라고. 아빠는 여기 있다고!"

그러고도 분이 풀리지 않았다. 서라는 엄마를 밀치고 방을 뛰쳐나갔다.

집을 나와서는 갈 데가 마땅치 않았다. 돈도 휴대폰도 다 두고 나왔다. 서라는 발 닿는 대로 단지 안을 돌았다. 초록 우레탄을 깔아 놓은 작은 코트에서 한편을 먹은 형제가 뚱뚱한 아저씨와 배드민턴을 치고 있었다. 서라는 툭, 탁, 툭, 탁 오고 가는 흰 깃털 공을 지켜보았다. 아이들이 열심히 쳐 올리는 공을 아저씨는 가볍게 받아넘겼다. 작은 애가 넘어지자 큰 애가 소리쳤다.

"빨리 일어나. 우리가 아빠 이겨야지."

이기고 싶은 아빠가 곁에 있다는 게 부러웠다. 서라가 배드민턴 시합을 보는 사이, 학원 차가 정문 도로 쪽에 섰다. 우르르 쏟아져 나온 아이들이 놀이터와 집으로 흩어졌다. 느지막이 차에서 내린 차예는 같이 내린 아이와 말을 주고받다 서라를 발견했다. 차예가 서라 쪽으로 걸어왔다. 뒤늦게 차예를 본 서라가 몸을 돌려 반대쪽으로 걸어갔다.

"서라야."

서라는 더 빨리 걸었다.

차예가 달려와 서라 앞에 섰다. 차예는 아파트 단지 안 비탈진 도로에서 인도에 선 서라를 마주 보았다. 차예를 보자 서라는 날카로운 손톱에 긁힌 것처럼 마음이 쓰라렸다.

"백서라. 너 계속 이럴 거야? 단추 때문이지?"

서라는 말없이 차예를 보았다.

"서라야, 네가 단추 얘기했을 때 우리 할머니가 생각났어. 네 단추에 영혼이 담겼다면 할머니는 왜 그냥 떠났을까. 나는 할머니가 보고 싶은데 할머니는 내가 안 보고 싶었을까. 머릿속에서 생각이 회오리처럼 빙빙 돌았어. 나는…… 다른 애들도 영혼을 믿는지 궁금했어."

차예의 할머니는 2년 전에 돌아가셨다. 차예가 가끔 할머니 얘기를 해서 서라도 알고 있었다. 차예는 어릴 적에 바쁜 엄마보다 할머니랑 밥 먹는 날이 더 많았다고 했다. 엄마 딸보다 할머니 딸을 하고 싶다고 푸념했었다. 그런 할머니가 차예 곁을 훌쩍 떠났다.

서라는 주머니에 손을 넣어 단추를 잡았다. 이 단추마저 없었다면 아빠의 빈 자리를 어떻게 견뎠을까. 서라는 제 마음 위에 차예의 마음을 포개 보았다.

차예가 축축이 젖은 눈으로 서라를 보았다.

"서라야, 나는 네가 계속 내 친구면 좋겠어."

단추를 쥔 왼손이 따끔거렸다. 단추 신호가 오면 꼭 서라 앞쪽에서 좋지 않은 일이 벌어졌다. 불안해진 서라는 오른손으로 차예를 확 끌어당겼다. 차예가 서라 쪽으로 홀쩍 끌려왔다. 그 뒤편으로 차예와 서라를 합친 것보다도 큰 비닐 자루가 굴러 내려왔다. 재활용 쓰레기 트럭에서 떨어진 비닐 자루였다. 플라스틱을 빵빵하게 채워 넣고 주둥이를 묶은 초대형 비닐 자루가 차예 발꿈치를 치며 아슬아슬하게 내려갔다. 당황한 수거 업체 아저씨가 달려 내려와 비닐 자루를 붙들었다.

차예는 놀란 얼굴로 서라에게 물었다.

"서라야, 어떻게 알고?"

서라가 왼손을 펴 보였다. 차예는 밋밋한 흰색 단추가 무엇인지 금방 알아차렸다.

"아저씨?"

"안 믿으면서."

서라의 퉁명스러운 말에 차예가 속삭이듯 말했다.

"이제 믿어."

그 말이 뭐라고. 차예 말에 눈물이 핑 돌았다. 서라는 붉어지는 눈시울을 감추려고 뒤로 돌아섰다. 이번엔 차예도 잡지 않았다.

아빠의 얼굴, 아빠의 웃음, 아빠의 손. 더는 볼 수도 만질 수도 없는 것들이 자꾸 떠올랐다. 아빠가 못 견디게 보고 싶었다. 서라의 발이 저절로 뒷산을 향했다. 주말이면 같이 오르던, 아빠와의 추억이 가득한 뒷산. 비탈진 도로 끝 쪽에 있는 계단을 올라가면 뒷산으로 오르는 길이 나왔다. 올라갔다가 오면 30분은 훌쩍 지나갈 터였다.

서라 혼자 뒷산에 오르는 건 처음이었다. 계단을 걸어 올라가며 동네 어른들을 드문드문 지나쳤다. 점점 가팔라지는 오르막을 지나자 나무 계단이 나타났다. 무거워진 다리로 계단을 한 칸 한 칸 올랐다. 턱턱, 숨이 차올랐다. 땀범벅이 된 채 산 정상을 깎아 만든 넓은 공원에 다다랐다. 후들후들 떨리는 다리로 정자를 향해 걸어갔다. 정자에는 아저씨 한 분과 아주머니 한 분이 앉아 있었다. 서라는 정자 가장자리에 앉았다. 왼쪽 팔목에 묶어 둔 줄을 풀러 단추를 끼운 다음 다시 팔목에 묶었다.

"휴우."

벌렁 누웠다. 왼쪽 팔을 베고 모로 눕자 선선한 바람이 느껴졌다. 서라의 눈이 슬슬 감겼다.

팔목과 귀로 따끔함이 전해졌다.

−일어나, 서라야. 우리 백설 공주.

아빠 목소리가 들려왔다. 꼭 듣고 싶었던 아빠 목소리.

'나 꿈을 꾸나 봐. 너무너무 꾸고 싶던 꿈.'

그리움에 울컥 눈물이 났다. 다시 목소리가 들려왔다.

−서라야, 어두워진다.

'꿈이…… 아니야?'

서라는 눈을 번쩍 떴다. 팔목에 찬 단추가 팔베개하느라 귀
에 붙어 있었다.

'혹시 단추에서 소리가 났나?'

서라는 단추를 귓가에 바싹 대 보았다. 날벌레 날갯짓같이
작은 소리가 들려왔다.

−서라야, 내려가야 해.

너무 작은 소리라 귀에 닿지 못했을 뿐, 아빠는 줄곧 서라에
게 말하고 있었다. 서라는 아빠를 부르려고 했다. 한데 목이 잠
겨 소리가 나오지 않았다. 서라는 왼쪽 팔목을 귀 옆에 댄 채로
정자에서 일어났다. 주변을 둘러보았다. 어둑어둑한 하늘 아래
얼룩 같은 나무 그림자가 길게 드리워져 있었다. 지나다니는

사람도 보이지 않았다. 서라는 서둘러 계단을 내려가기 시작했다.

─우리 백설 공주, 저 나무 아래쪽에서 넘어졌던가? 하얀 바지에 궁둥이만 까매졌지. 울음이 터질 줄 알았더니 웬걸, 엉덩이를 툭 털고는 꽃을 꺾어 내 귀에 꽂아 줬어. 그때 알았다. 우리 딸은 넘어져도 꽃을 보는구나. 혼자서도 잘 일어나는구나. 네가 대견하고 예뻐서 웃음이 났어.

작년 여름에 있던 일이었다. 바위에 서 있는 다람쥐를 보고 슬슬 다가가다 미끄러지고 말았다. 넘어진 자리에 낙엽이 두툼하게 쌓여 있어 생각처럼 아프지 않았다. 껄껄 웃는 아빠를 놀리려고 민들레 한 송이를 꺾어 아빠 귀에 꽂아 주었다. 아빠는 꽃을 질색하기는커녕 기꺼워했다. 손으로 브이 자를 그리며 사진도 찍었다. 두 팔로 가슴을 킹콩처럼 두드리고, 발차기 자세까지 해 보였다. 아빠는 서라가 찍어 준 사진을 엄마에게 보내 자랑했다. 꽃을 귀에 꽂은 아빠 사진은 작년 내내 엄마의 휴대폰 잠금 화면이 되었다.

─서라야, 몸이 점점 가벼워지고 있어. 더는 머물 수 없을 것 같아.

서라는 아빠와 말하고 싶었다. 목에서 여전히 바람 같은 소리만 나와 답답했다.

–다치지 말고, 오늘처럼 아무 데서나 잠들지 말고.

아빠 목소리가 점점 흐릿해졌다.

–사랑한다.

아빠 목소리가 끊겼다. 서라는 단추를 머리에 비벼 댔지만 아무 소용이 없었다. 서라는 팔찌를 묶은 끈을 풀어 보았다. 줄이 풀리며 단추가 아래로 떨어졌다. 잠겨 있던 목소리가 터져 나왔다.

"아빠!"

아빠 대신 엄마 목소리가 길 아래쪽에서 들려왔다.

"서라야. 거기 있니?"

저 아래 엄마가 있었다. 떨어진 단추가 엄마 쪽으로 굴러갔다. 서라는 단추를 따라 엄마 앞으로 뛰어갔다. 엄마가 가로등 아래 멈춘 단추를 주워 들었다. 하얗게 빛나는 단추에 엄마 눈이 커졌다.

"서라 아빠? 지성 씨야?"

젖은 흙처럼 축축한 목소리였다. 엄마는 단추를 가만가만 쓸다 두 손으로 단추를 꽉 포개 감쌌다. 아무에게도 뺏길 수 없다는 듯이. 서라는 빛을 가두면 안 된다고 느꼈다. 엄마 손을 가

만히 당겼다.

"엄마, 그러지 마."

서라 말에 엄마가 눈을 감았다 떴다. 엄마는 머뭇머뭇 두 손을 폈다. 단추에 어린 빛이 조금씩 흐려지고 있었다. 서라는 단추에 살며시 손가락을 대었다. 단추에 은은히 남아 있던 빛이 손끝에서 꺼졌다. 아빠가 떠났다.

서라는 서 있는 엄마를 보았다. 아주 오랜만에 엄마를 제대로 바라보는 기분이 들었다. 엄마는 구멍이 숭숭 난 젠가 탑처럼 보였다. 무너질 듯 휘청거리는 엄마를 서라가 붙들었다. 날마다 버티고 있는 사람은 서라만이 아니었다. 서라의 가슴을 채우고 있던 검회색 미움이 서서히 흩어져 갔다.

서라는 엄마와 길을 내려갔다. 엄마가 어떻게 서라를 찾았는지 이야기해 주었다.

"너 찾으려고 여기저기 전화했지. 차예가 뒷산에 올라갔다고 알려 줬어. 잘 만났다고 말해 줘야겠다."

서라는 잠시 차예를 생각했다. 둘은 끝도 시작도 아닌 곳에 서 있었다. 마음속에 두 그루 나무를 그렸다. 이리 뻗기도, 저리 뻗기도 하며 자라는 나무. 아빠는 그게 나무가 자라는 방법이라고 했다. 이쪽으로도 휘고 저쪽으로도 휘며 하늘을 향해 뻗어 나간다고.

"엄마, 내가 할게."

지금 아니면 못 할지 몰랐다. 마음은 늘 오락가락하니까. 엄마에게 휴대폰을 받아 문자를 보냈다.

서라: 나 서라야. 엄마 만났어.

차예: 걱정했어. 폰 챙겨 다녀!

차예가 기다렸다는 듯 답을 보내 왔다. 차예에게 문자로 '내일 아침 아파트 정문.'이라고 써 보냈다. 차예가 오케이를 외치는 이모티콘을 보내 왔다. 웃음이 났다.

엄마가 서라 어깨를 툭툭 두드렸다.

"서라야, 배고프다. 먹고 싶은 거 있어?"

"마라탕."

아빠가 떠오르는 장소에 가는 게 더는 괴롭지 않았다. 아빠와의 기억이 가슴을 두드리면 두 팔을 벌려 맞으면 된다. 바늘처럼 가슴을 찌르는 기억도. 몽글몽글 웃음이 어리는 기억도.

"좀 먼데. 걸어갈까?"

"응."

서라와 엄마는 발을 맞춰 걸었다. 서라의 숨과 엄마의 숨이
밤공기에 섞여 들었다.

고요하지 않은 밤

아파트 샛길로 학교에 가는 길이었다. 아파트 1층 베란다 창에서 새 한 마리가 튀어나왔다. 어디선가 날카로운 비명이 들려왔다. 그 비명이 채 끊기기 전에 새는 수수꽃다리 가지에 앉았다. 하얀 털에 노란 부리를 가진 새였다.

그 순간 기묘한 일이 벌어졌다. 내 앞에서 긴 생머리를 흔들며 걸어가던 고요가 제자리에서 사라졌다. 1초도 안 되는 사이에 고요는 열 걸음 앞 수수꽃다리 나무 앞에 서 있었다. 두 손을 뻗어 새를 손안에 가둔 채였다. 두 손을 그러모은 고요가 가까이서 새를 들여다보았다.

베란다로 얼굴을 내민 1층 아주머니가 말했다.

"우리 문조 잡았어? 고맙다. 금방 나갈게."

나는 고요 옆으로 달려갔다. 손 사이로 머리를 뺀 문조가 고요의 손을 쪼았다. 문조는 눈이 까맣고 동그랬다. 문조와 눈을

맞춘 고요가 오므리고 있던 두 손을 활짝 폈다. 문조가 날개를 펴고 순식간에 날아갔다. 아줌마가 빈 새장을 들고 나왔다. 고요가 새를 놓쳤다고 말했다. 실망한 아줌마가 돌아갔다.

모든 걸 지켜본 나는 묻지 않을 수 없었다.

"한고요, 너 순간이동 해? 어떻게 수수꽃다리 앞으로 훌쩍 이동한 거야? 새는 왜 놓아줬어?"

고요가 긴 머리를 흔들었다.

"놓친 거야."

"놓아준 거지. 다 봤어."

내 앞으로 고양이 한 마리가 쏜살같이 지나갔다. 나는 심술궂게 말했다.

"그 새, 어차피 고양이한테 잡아먹힐걸?"

입을 꾹 다문 고요가 나를 제치고 빠른 걸음으로 걸어갔다.

그동안 나는 같은 동에 사는 고요를 알은체하지 않았다. 같은 아파트, 같은 반이라도 나는 고요와 말하지 않고 지낼 생각이었다. 고요는 1004호 아이였으니까.

나는 지난가을 이 아파트 904호로 이사 왔다. 동네 안에서 아파트만 옮겼다. 집이 작아졌다. 이사 온 지 보름쯤 되던 날, 아빠는 천장을 올려다보며 화를 터트렸다.

"1004호는 뭐 하는 집이야? 밤이면 밤마다 클래식으로 고문이야. 사람 잠도 못 자게."

밤마다는 아니었다. 1004호는 사흘에 한 번, 혹은 나흘에 한 번꼴로 클래식을 틀어 댔다. 이날 아빠는 더 이상 못 참겠다며 윗집으로 뛰어 올라갔다가 터덜터덜 되돌아왔다.

"아무리 두들겨도 문을 안 연다."

아빠는 경비실로 전화를 걸었다가 구정물을 뒤집어쓴 얼굴이 되었다.

"수호야, 망했다. 이 집이 싸게 나온 게 윗집 때문이었나 봐. 1004호 음악 소리 때문에 옆집 아랫집 윗집이 번갈아 쳐들어가 줄여 달라고 했는데 눈 하나 깜짝 안 하더래."

때맞춰 1004호에서 베토벤의 '운명'을 선곡했다. 콰콰콰쾅! 오케스트라 소리에 맞춰 아빠가 울부짖었다.

"제기라알!"

어느 밤에는 합창단 여자들이 귀신처럼 울부짖고, 어느 밤에는 유령의 톱질 같은 현악기 소리가 머리를 어지럽혔다. 때때로 1004호 아저씨의 고함이 섞였다. 1004호에서 열리는 부정기 음악회를 피하고자 나는 플라스틱 귀마개로 두 귀를 막고 이불을 뒤집어썼다. 음악 소리는 귀마개마저 뚫고 들어와 껌처

럼 진득진득 귓속을 맴돌았다.

그렇게 가을과 겨울을 났더니 1004호라는 말만 들어도 털에
정전기가 일듯이 신경이 곤두섰다. 1004호 사는 애와 또 한 반
이 된 게 반갑지 않았다.

그런데 한고요가 희한했다. 새를 잡다니. 순간이동이 아니면
설명이 안 됐다. 나는 학교에 도착해서도 호기심을 누를 수가
없었다. 한고요 자리로 가 지근거렸다.

"어떻게 한 거야? 한고요, 말 좀 해 봐."

고요는 대꾸 없이 책만 폈다.

"한고요, 내 말 안 들려?"

마침 고요의 하늘색 티에 김치 국물 자국이 보였다. 나는 손
가락으로 총 모양을 만들어 고요의 가슴을 겨누었다.

"탕. 한고요, 아침에 김치 먹었어?"

가슴팍을 내려다본 고요 얼굴이 벌겋게 되었다.

"다 듣고 있었네. 왜 말을 안 해? 너 고요해서 고요야?"

아이들이 킥킥 웃었다. 고요에게 딱 맞는 노래가 생각나 불
렀다.

"고요한 밤, 거룩한 밤. 어둠에 묻힌 밤."

내가 진지하게 노래하자 교실에 아이들 웃음이 번졌다.

"너는 고요한데 너희 집은 왜 안 고요해? 너희 집에서 음악 틀 때마다 우리 집 천장이랑 벽이랑 바닥이랑 다 들들들 흔들려. 너희 아빠 도대체 왜 그래?"

벌게진 고요가 삐딱하게 고개를 틀고 나를 노려보았다. 내가 좀 심했나?

옆에서 민우 목소리가 들려왔다.

"카레 국물이나 김치 국물이나. 뭐 묻은 개가 뭐 묻은 개 나무란다."

민우가 옆자리 애에게 하는 말이었다. 속삭이는 척했지만 목소리가 컸다. 내 옷에 500원 동전만 한 카레 자국 두 개는 지난주 금요일 급식 시간에 묻었다. 아빠가 바빠 2주나 빨래가 밀리는 바람에 갈아입을 티가 없었다.

"서민우, 나한테 개라고 했어? 나도 개고 한고요도 개야?"

나는 민우 자리로 가 책상을 확 밀었다. 놀란 민우가 책상을 붙들고 나를 노려보았다.

"윤수호, 뭐야?"

"뭘? 이쪽으로 지나가려는 것뿐인데."

나는 민우 앞을 지나 내 자리로 돌아왔다. 민우가 책상을 두들기며 내 이름을 불렀으나 신경 쓰지 않았다.

선생님이 교실로 들어온 뒤에도 나는 쭉 고요를 감시했다. 고요는 1교시 체육 시간에 짝과 줄넘기했다. 2교시 쉬는 시간에는 화장실에 다녀와 책을 읽었다. 고요는 어느 반에서나 볼 수 있는 조용한 애였다. 아주 가까운 애도 없고, 아주 사이가 나쁜 애도 없이 교실에 섞여 있는 아이. 고요의 하루는 지루하고 성실했다.

3교시에 새로운 사건이 벌어졌다. 민우가 허둥지둥 자리를 뒤지더니 지갑이 없어졌다고 했다. 지난주 내내 삼촌이 준 선물이라며 자랑스레 들고 다니던 지갑이 사라졌다는 거다. 명품 로고가 박힌 지갑에는 비상금 5만 원과 교통 카드가 들어 있다고 했다.

선생님은 소지품 검사를 하지 않았다. 대신 진지하게 이야기했다.

"훔친 사람이 있다면 마음이 불편할 거야. 마음이 옳지 않다고 말하고 있기 때문이야. 그게 양심이지. 우리 양심을 지키는 사람이 되자. 혹시 민우에게 직접 돌려주는 게 어렵다면 선생님을 찾아와 맡겨도 된다."

민우는 교실을 내내 휘젓고 다녔다. 긴 자로 사물함 뒤편을 쑤셔 보고, 교실 뒤 쓰레기통도 헤집었다. 초조해하는 얼굴이 딱해 보였다.

그때만 해도 나는 별일이라고만 생각했다. 그런 거무튀튀한 지갑을 훔치고 싶어 하는 애가 있다니 말이다. 그러다 불쑥 한 가지 생각이 들었다. 기이한 능력으로 새를 잡는 애라면 지갑을 훔치는 것쯤 식은 죽 먹기 아닐까.

하굣길에 나는 고요 뒤를 졸졸 따라갔다. 아파트 단지 안으로 들어와 둘만 남자 고요를 떠 보았다.

"앞에 가는 사람 도둑."

걸렸다. 고요가 어깨를 움찔거렸다. 나는 고요의 가방을 붙잡았다.

"잡았다, 도둑. 민우 지갑 네가 훔쳤지? 도대체 언제 훔쳤어? 너 진짜 초능력자야?"

고요는 아니라고 잡아떼지 않았다. 오히려 홀가분한 얼굴이 되어 말했다.

"그 지갑, 네 가방에 있어."

이번엔 내 몸이 펄쩍 튀어 올랐다. 서둘러 가방을 열어 보았다. 평소 잘 들여다보지 않는 뒤쪽 주머니에 검은색 지갑이 들어 있었다. 나는 가방을 확 오므리며 고요를 노려보았다.

"너, 너, 너지? 한고요, 나한테 도둑 누명을 씌우려고 했어."

말이 더듬더듬 나왔다. 고요가 덤덤히 말했다.

"나는 선생님이 소지품 검사를 하실 줄 알았어. 아쉽다. 네가 혼나고 망신당하길 기다렸는데."

"와, 한고요. 아까 선생님 말씀 생각 안 나? 네 양심은 이사 갔어?"

고요가 서늘한 눈으로 나를 보았다.

"너부터 시작했어. 날 끈질기게 놀렸지. 난 웃음거리가 되었고. 넌 우리 집 얘기까지 들먹였어. 그건 내가 가장 싫어하는 일이야. 그런데도 내가 얌전히만 있을 줄 알았어? 너야말로 양심을 좀 들여다봐야겠다."

꼬박꼬박 말하는 고요가 싫지 않았다. 고요한 고요보다 훨씬 나았다. 나는 떠나려는 고요의 가방을 붙잡았다. 어쨌든 지갑은 내 가방에 있고, 이걸 해결해야 했다.

"에이, 모르겠다. 안 들켰으니까 대충 넘어가자. 이 지갑은 어떻게 해?"

고요가 냉정하게 대꾸했다.

"네가 알아서 해. 버리든, 말든."

"교실에 가져다 놓아야겠어. 너도 같이 가. 민우 걘 무슨 잘못이냐?"

고요도 민우를 보고 마음이 편치 않았을 거다. 역시나 고요는 싫은 기색을 하면서도 나를 따라왔다. 우리는 학교 건물로 들어갔다. 5학년 교실이 있는 3층 복도에는 이미 아무도 없었다. 3반 교실 문을 열어 보았다. 앞문, 뒷문 모두 잠겨 있었다.

"한고요, 아침처럼 움직일 수 있어? 네가 교실에 쓱, 싹, 휙 두고 오면 돼."

"이럴 줄 알았어. 난 간다."

돌아서는 고요를 붙들었다.

"농담이야, 한고요. 내가 들어갈 거야. 내 엉덩이 한 번만 받쳐 줘. 민우 책상 안에 지갑 넣어 두고 올게."

나는 2주 전에 주번이었다. 그때 복도 쪽 창문에 걸쇠가 고장 난 걸 알았다. 창문을 밀자 다행히 스르르 열렸다. 문제는 복도 창문 높이였다. 내 키가 5학년치고 조금 큰 편인데도 창틀이 내 턱에 닿을 정도로 높았다.

나는 창틀을 붙잡고 펄쩍 뛰어 벽에 붙었다. 고요가 내 엉덩이를 밀어 올렸다. 내 몸이 교실 창을 넘어가기 직전, 열 걸음 앞에 있는 화장실에서 누군가 나왔다.

"거기 누구냐?"

음악 선생님이었다. 고요가 내 엉덩이에서 손을 떼었다. 몸이 복도 쪽으로 흘러내렸다. 비명을 지르며 바닥에 그대로 나동그라졌다.

"으악."

아파할 새도 없었다. 고요가 내 팔을 잡아당겼다. 우리는 복도 끝 계단 쪽으로 냅다 뛰었다. 음악 선생님을 흘끔 돌아보았다. 선생님 양발이 줄넘기 줄에 엉키듯 묶여 있었다. 음악 선생님이 펭귄처럼 뒤뚱대며 소리쳤다.

"이게 무슨 일이야? 애들아, 거기 서."

우리는 계단 아래로 달려 내려가 건물 뒤 주차장 쪽 낮은 담으로 튀어 나갔다. 아파트 단지 안까지 한참을 헐떡이며 달렸다. 뒤뚱거리던 음악 선생님 모습이 떠올라 웃음을 참을 수 없었다. 늘 고요하던 고요의 얼굴에 실룩실룩 웃음이 달렸다. 고요가 발그레한 얼굴로 말했다.

"그 줄넘기 아까 네가 복도에 쓰러졌을 때 네 가방에서 꺼낸 거야. 내 줄넘기는 이름을 적어 놔서 쓸 수 없었어. 민우 지갑도 같이 꺼내 교실 안에 던져 놓았어."

나는 배가 당길 때까지 웃으며 엄지를 들어 보였다. 한동안 음악 시간에 얼굴을 숙이고 있어야겠지만, 그 정도야 뭐.

"선생님 발을 줄넘기로 묶은 것도 네가 한 거지? 도대체 무슨 능력이야? 순간이동?"

고요는 무슨 변덕인지 순순히 대꾸했다.

"비명과 함께 세상이 멈춰."

고요는 어느 날부터 비명을 들으면 시간이 멈춘다고 했다. 모든 게 멈춘 세상에서 속으로 백을 셀 정도의 시간 동안 혼자만 움직인다고 했다. 믿거나 말거나 같은 말이었지만 두 번이나 내 눈으로 봤으니 안 믿을 수 없었다. 나는 냅다 비명을 질러 보았다. 고요가 날 한심하게 보며 그건 진짜 비명이 아니라고 했다. 지갑 미스터리도 풀렸다. 아침에 내가 민우 책상을 밀었을 때 책상 서랍에서 지갑이 튀어나왔다. 민우가 비명을 지른 사이 고요는 그 지갑을 주워 열려 있던 내 가방에 넣었다. 비밀의 열쇠는 비명이었다.

"실험해 봤어? 텔레비전 속 비명에도 시간이 멈춰?"

"진짜 사람이 내는 소리에만."

"네가 낼 때는?"

고요는 고개를 짧게 흔들었다. 그렇다는 건지 아니라는 건지. 고요 얼굴이 도로 딱딱하게 굳어서 나는 더 물어보기를 관뒀다. 고요가 좋아할 만한 곳이 생각났다.

"고요야, 너 우리 단지에 있는 새 카페 알아? 거기로 문조가

올 수도 있어.”

　나는 단지 안에 새들이 모이는 풀밭 둔덕으로 고요를 데려
갔다. 이곳에는 누군가 날마다 새 모이를 뿌려 놓아 늘 새들이
모였다. 참새와 까치와 비둘기와 내가 모르는 작은 새들이 나
란히 앉아 모이를 쪼았다. 배를 채운 참새들은 둔덕 옆 울타리
관목에서 놀았다. 관목 안으로 숨었다, 큰 나무 위로 갔다, 울
타리 틈으로 휙 빠져나갔다. 한참 기다렸지만 문조는 오지 않
았다.

　“진짜 고양이가 잡아먹었나?”

　내 말에 고요가 얼굴을 찡그렸다.

　“농담 아니고, 고양이가 참새 잡는 거 봤어. 바깥은 위험해.
새장 안이 훨씬 안전해.”

　“위험하다고 스스로 날지 않는 새는 없어.”

　고요가 머리를 넘기며 말을 이었다.

　“문조는 날아갈 때를 기다렸을 거야.”

　고요의 얼굴에서 단호함이 엿보였다.

　다음 날 교실 바닥에서 민우 지갑이 발견됐다. 웃음을 찾은
민우가 종일 지갑을 들고 기세등등 돌아다녔다. 선생님은 기뻐

했고, 나는 안심했다. 그 뒤로 나는 또 무슨 일이 생기길 기대하면서 고요 뒤를 졸졸 따라다녔다. 별일 없는 날들이 하루 이틀 사흘 흐르는 동안 고요와 나는 서로에게 익숙해졌다. 나는 고요가 나에게 궁금한 게 없어서 좋았다. 나도 고요에게 이것저것 묻지 않았다. 우리는 말하고 싶지 않은 걸 말하지 않아도 되는 사이가 되었다.

목요일 하굣길, 교문 근처 길가에서 요란한 비명이 터졌다.

"꺄아악! 죽은 새야."

"새가 죽어 있어!"

내 옆에서 걷던 고요가 사라졌다. 나는 소리가 난 쪽으로 달려갔다. 건널목 옆 투명 방음벽 아래 죽은 새가 있었다. 처음 보는 갈색 새였다. 날렵해 보이는 작은 새가 모로 누워 하얀 배를 드러내고 있었다. 갈색 날갯죽지 아래에 말라붙은 피가 보였다. 길게 뻗은 가느다란 다리가 뻣뻣하게 굳어 있었다.

고요는 아이들 틈에서 새를 들여다보고 있었다. 고요가 주머니에서 손수건을 꺼내 새를 감싸 들었다. 아이들이 또다시 비명을 질러 댔다. 그 비명과 함께 고요가 눈앞에서 사라졌다. 고요가 죽은 새를 들고 간 걸 모르는 아이들은 두리번거리다 이내 흩어졌다.

나는 길을 건너 아파트 단지 화단 쪽으로 달려갔다. 고요는 화단에 있었다. 쭈그려 앉아 나뭇가지로 단풍나무 옆 평평한 땅을 파고 있었다.

"한고요, 같이 해."

우리는 같이 땅을 팠다. 나뭇가지와 돌로 땅을 푹푹 파냈다. 한 뼘 깊이까지 땅을 파내느라 손이 흙투성이가 되었다. 작은 구덩이 안에 손수건으로 싼 죽은 새를 놓았다. 흙을 봉긋이 덮어 작은 무덤을 만들었을 때 엄마에게서 전화가 걸려 왔다. 손을 티셔츠에 닦고 전화를 받았다.

−수호야, 엄마야. 학교는 잘 다니고?

"괜찮아."

−별일 없지?

"응."

나는 죽은 새와 고요와 티셔츠의 카레 얼룩 얘기를 하지 못했다.

엄마와 짧은 통화가 끝났다. 가슴에 깊은 구멍이 뚫린 기분이 들었다. 눌러 두었던 슬픔이 구멍 아래서 스프링처럼 튀어 올랐다. 눈물이 후드득 쏟아졌다.

"새 때문이야. 죽은 새 때문에……."

내가 울음을 털어 내는 동안 고요는 봉긋이 덮인 흙을 발로 꾹꾹 눌러 손바닥만 한 봉분을 만들었다. 고요는 괜한 위로 없이 내 곁을 지켜 주었다.

작년에 엄마와 아빠가 이혼한 뒤에도 나는 엄마가 돌아올 수 있다고 믿었다. 엄마 전화는 갈수록 뜸해졌다. 지난달 주말에는 내가 먼저 전화했다. 엄마는 친구를 만나는 중이라고 했다. 휴대폰을 타고 어떤 아저씨 목소리가 들려왔다. 아저씨는 엄마 이름을 다정히 불렀고, 엄마가 웃음을 터트렸다. 공기 방울처럼 가볍고 반짝이는 웃음이었다. 오랫동안 집에서 들을 수 없었던 엄마의 웃음소리. 그때 알았다. 엄마와 아빠가 영영 헤어졌다는 걸. 나는 이제 엄마에게 내 옷에 묻은 카레 자국을 지워 달라고 말할 수 없다.

우리는 함께 승강기를 탔다. 내가 먼저 9층에서 내릴 때 고요가 말했다.

"나한테는 아빠를 위한 눈물이 없어."

승강기 문이 닫혔다.

이날 밤 1004호에서 부정기 음악회가 성대하게 열렸다. 건반 소리가 벽을 뚫고 폭풍우처럼 쏟아져 내려와 온몸을 두들겼다. 하필 귀마개가 보이지 않았다. 현악기들이 우르르 건반 사이로 뛰어들었고, 1004호 아저씨의 고함이 섞였다. 고함은 도돌이표처럼 반복되었다. 그 난장 같은 소음 속에서 비명이 번개처럼 내리꽂혔다.

고요 같았다.

방금 고요의 시간이 멈추었을까? 나는 입술을 깨물었다. 홍수 같은 음악 속에 비명이 숨어 있는 줄 몰랐다. 거실로 나왔다. 텔레비전이 켜져 있었다. 아빠는 텔레비전에 연결한 커다란 헤드셋을 쓴 채 잠들어 있었다.

나는 후드 티에 달린 후드를 둘러쓰고 밖으로 나왔다. 비상계단 쪽으로 가 보았다. 혹시나 고요와 마주칠까 싶었다. 기대한 고요 대신 한 아저씨가 층계를 쿵쿵 내려왔다.

"이 미꾸라지 놈. 또 빠져나가려고."

억센 팔이 내 팔뚝을 앞으로 당겼다가 뒤로 확 밀었다. 벽에 등이 부딪혔다. 눈앞이 번쩍했다. 나는 주저앉은 채 고개를 들었다. 아저씨가 내 후드를 벗기더니 으르렁대었다.

"고요가 아니잖아."

아저씨가 층계 아래쪽을 향해 고래고래 소리쳤다.

"고요 어디 갔어? 한고요, 나와!"

사나운 윗집 아저씨에게 말을 붙이는 데는 용기가 필요했다.

나는 숨을 크게 마셨다.

"아저씨, 고요에게 그러면 안 돼요."

"네가 고요를 알아?"

"같은 반이에요. 고요한테 그러지 말아요."

아저씨가 얼굴을 찌푸리며 내 어깨를 밀었다.

"뭐라는 거야? 조그만 녀석이 뭘 안다고."

내 옆을 지나 계단을 내려가던 아저씨가 돌연 멈춰 섰다. 아저씨는 건물 벽에 어깨를 대고 망가진 의자처럼 비뚜름히 주저앉았다.

"그래. 너희들이 뭘, 알아. 뭘 알겠어."

아저씨가 머리를 무릎에 파묻었다. 커다랗던 등이 마른 대추처럼 쪼그라들어 보였다.

나는 아저씨를 두고 아파트 밖으로 나갔다.

드문드문 세워진 가로등을 따라 화단 길을 걸어갔다. 화단 길은 어두웠다. 구석마다 진한 어둠이 뭉쳐 있었고, 그림자들은 기묘한 무늬를 만들며 흔들렸다.

나는 작은 새의 무덤까지 걸었다. 그 앞에 고요가 서 있었다. 나무에 가려 얼굴이 보이지 않았다.

"고요야."

고요가 새 무덤을 보며 중얼거렸다.

"문조가 죽지 않으면 좋겠어."

고요의 목소리가 모래처럼 버석거렸다. 세상이 멈춘 사이 고요는 끊임없이 시간의 틈으로 도망쳐야 했을 것이다.

"살 거야."

고요가 나를 보았다.

"훨훨 날아다닐 거야."

흐린 밤이었다. 밤하늘에 뜬 달이 실금처럼 가늘었다. 별빛도 보이지 않았다. 그래도, 보이지 않는다고 별이 없는 건 아니다. 나는 고요의 손을 꼭 잡았다. 맞잡은 손이 따뜻했다.

담이의 지구 수첩

그림자가 길어지는 늦은 오후였다. 담이는 파라솔 아래 플라스틱 의자에 앉아 주먹으로 라디오를 두드렸다. 라디오는 언제나처럼 지직지직 잡음만 냈다.

"음악 듣고 싶은데."

엄마는 마당에서 드럼통으로 된 화덕에 마른 나뭇가지를 넣었다. 화덕 위 커다란 찜솥에서 김이 올랐다. 찐 옥수수 냄새가 마당에 퍼졌다.

저 앞쪽에서 자동차 한 대가 덜덜덜 다가왔다. 자동차는 파라솔 가까이서 멈췄다. 차 유리창이 내려왔다. 운전대에 앉은 초록 피부의 여행자가 더듬이를 쭉 빼 이리저리 움직이며 담이네 집을 둘러보았다. 여행자는 담이 쪽으로 왼손을 내밀고 나무껍질 색의 손가락 일곱 개를 살랑였다. 손목에 찬 은회색 기기 화면에 담이네 집 사진이 보였다. 사진 아래에는 파란 동그라미가 네 개 찍혀 있었다.

　－여기 라9 호수 여행자 숙소다? 세 명이다. 하루. 방 있다?

　담이 머릿속으로 여행자의 말이 물결처럼 전달되었다. 담이가 끄덕였다.

　머릿속으로 말을 전달하는 여행자들은 입도, 귀도 없었다. 지구인은 간단한 몸짓 언어로 여행자들에게 뜻을 전했다. '맞아.'는 끄덕끄덕, '아니.'는 도리도리, '몰라.'는 갸웃갸웃.

　운전석에 앉은 여행자의 말이 머릿속으로 밀려왔다.

　－늦어서 라9 호수에는 못 간다. 저녁. 여기서 사 먹는다.

　옆자리에 앉은 홀쭉한 여행자의 말이 이어졌다.

　－왼쪽 뒷바퀴에 바람 빠졌다. 차바퀴를 바꿔 줄 수 있다?

　여행자들은 빛처럼 빠른 우주선을 타고 다니면서 지구 여행을 할 때는 굳이 자동차나 오토바이를 탄다. 지구 문화를 체험한다면서.

　담이 엄마가 바람 빠져 납작해진 타이어를 보고 중얼거렸다.

　"휴네 아버지한테 보여 드려야겠다."

　담이는 길 건너편 집에 소리쳤다.

　"휴 아저씨, 여행자들이 차바퀴를 갈아야 한대요."

　집 울타리에 매달려 여행자들을 구경하던 휴가 외쳤다.

"아빠, 차 수리 봐 줘요."

휴 아저씨가 어슬렁어슬렁 걸어 나왔다. 아저씨는 자동차 바퀴를 살피고 턱을 쓰다듬었다.

"땜질로 안 돼. 다른 바퀴로 갈아야 해. 우선은 안 된다고 해. 맞는 차바퀴를 찾아봐야겠다."

담이가 여행자들에게 고개를 흔들어 보였다. 여행자들이 아쉬워하며 차에서 내렸다. 여행자들은 셋이었다. 통통한 여행자, 홀쭉한 여행자 그리고 담이보다 조금 작은 여행자 아이. 담이가 집을 보여 주기 위해 앞장섰다.

여행자들의 대화법은 특이했다. 이들은 머릿속으로 말을 주고받았는데 주변에 있으면 사람의 머릿속으로도 이들의 말이 들려왔다. 반면 이들은 사람의 말을 알아듣지 못했다. 이들에게는 소리를 듣는 귀가 없었고, 사람들은 머릿속으로 말을 전달하는 법을 몰랐다.

이번에 온 여행자들은 꽤 시끄러운 편이었다. 가까이 있는 담이에게 여행자들의 수다가 고스란히 전달되었다.

—큰일이다. 가다가 멈추면 어쩐다?

—여행 안내소에 긴급 출동 요청한다. 근데 굴드 깨진다. 기본 200굴드. 바가지.

―지구. 도로가 어디나 나쁘다.

담이는 여행자들에게 집을 보여 준 뒤 마당으로 나왔다. 주
머니에서 몽당연필을 끼워 둔 파란 수첩을 꺼내 적었다.

· 라9 호수 숙소(우리 집) 별점은 4점 같다.
· 여행 안내소 긴급 출동비는 기본 200굴드다.

3년 전에 소문으로만 듣던 외계인 여행자들이 처음 나타났
다. 담이는 그 뒤로 손바닥만 한 파란 수첩을 어디든 들고 다녔
다. 여행자들을 통해 지구에 대해 새로 알게 된 것은 무엇이든
수첩에 적었다.

여행자들이 산책하러 나간 사이 담이네 가족은 찐 옥수수로
이른 저녁을 먹었다. 저녁을 먹고 담이 엄마는 화덕에 물을 끓
여 넓은 대접 세 개를 채웠다. 각각의 대접에 4월에 덖은 산수
유 꽃, 5월에 덖은 어린 쑥, 이달에 덖은 장미 꽃잎을 뿌렸다.
찻물이 미지근하게 식었을 때 여행자들이 돌아왔다. 파라솔 의
자에 앉은 여행자들은 손가락 열네 개를 번갈아 대접에 담았
다. 손가락이 담긴 물이 찰랑찰랑 줄어들었다. 여행자들 손가
락은 뿌리라도 되는 듯 물을 빨아들였다. 기분이 좋은지 더듬

이 끝에 달린 두 눈이 가물가물해졌다. 여행자들은 밥 대신 물을 먹고, 물값을 비싸게 치른다.

여행자들이 집 안으로 들어간 뒤, 담이네 가족은 휴네 집으로 갔다. 여행자들은 담이네 집을 빌리고, 그동안 담이네는 휴네 방 한 칸을 빌렸다.

휴네 집 마당에는 너른 평상이 있었다. 담이네와 휴네가 평상에 앉았다. 담이는 바닥에 놓인 도자기로 된 화로에 쑥을 던져 넣었다. 화로에서 쑥이 타며 연기를 피워 올렸다. 이 동네 모기는 독해서 여름밤에 말린 쑥을 태워 모기향을 대신했다. 그러지 않으면 벌건 자국이 팔다리를 덮었다.

담이 엄마가 습관처럼 중얼거렸다.

"망할 세상."

"엄마, 그렇게 말하지 좀 마."

엄마가 담이 머리를 헝클었다.

"그럼 뭐라고 해? 9년 전에 우리, 쫄딱 망했어."

담이는 엄마가 모든 걸 잃어버린 듯한 얼굴이 되는 게 싫었다. 다 잃어버린 것도 아닌데. 엄마 옆에는 담이가 있었다. 휴와 아저씨가 있었다.

휴네 아저씨가 말했다.

"그나마 나아진 게 하나는 있다. 밤하늘. 9년 전 하늘이 잿빛 구름으로 뒤덮였을 땐 밤하늘을 영영 못 볼 줄 알았어. 밤은 칠흑처럼 어두웠고, 낮에도 어두컴컴했어. 날이 갈수록 추워졌지. 해를 넘긴 뒤에야 잿빛 구름이 걷혔어."

담이는 밤하늘을 보았다. 밤이 되면 하늘에 별이 쏟아질 듯 꽉 찬다. 이토록 환하게 빛나는 별을 보지 못했다니. 담이에게는 집마다 뜨거운 물과 찬물이 콸콸 나오고, 높이 솟은 건물마다 환한 빛을 뿌렸다는 얘기만큼 못 믿을 말이었다.

휴가 종알거렸다.

"담이야, 여행자들은 물만 먹으니까 똥을 안 누겠지? 오줌은 눌까?"

"그럴걸? 호수에다 쫄쫄?"

"여행자들은 호수에 몸 담그고 물도 빨아 먹잖아. 수영도 하고. 근데 거기다 누겠어? 우리라면 몰라도."

담이는 휴와 시시덕거렸다. 둘은 종종 호수에 오줌을 갈기곤 했다.

다음 날 아침 가장 먼저 눈을 뜬 담이가 휴네 집을 나왔다. 담이는 집 마당으로 들어가 처마 아래 놓아둔 물통을 접이식

짐수레에 실었다. 집에서 쓸 물을 떠 오는 건 담이 책임이었다.

현관문을 열고 여행자 아이가 나왔다. 여행자 아이의 말이 머릿속으로 들어왔다.

−지구인. 어디 간다?

담이는 빈 물통을 툭 치고 산 쪽을 가리켰다.

−요비. 같이 간다?

담이는 어깨를 으쓱했다. 엄마는 여행자들을 징그럽다고 하지만 담이는 별로 징그럽지 않았다. 개구리도 토끼도 담이와 다르게 생겼다. 여행자는 담이와 다르게 생긴 생명체일 뿐이었다. 게다가 여행자 아이 요비는 어딘가 귀여워 보이기도 했다.

담이는 짐수레에 플라스틱 물통 세 개를 담고 출발했다. 요비가 산 아래 약수터까지 졸졸 따라왔다. 담이가 바위틈에서 흘러나오는 가느다란 약수를 플라스틱 통에 받는 걸 지켜보던 요비는 통 옆으로 흘러내리는 약수에 손가락을 대었다. 요비가 갈색 손가락으로 가는 물줄기를 흡수했다.

“우와. 여행자 달고 왔어?”

어느새 약수터로 올라온 휴가 담이 뒤에서 소리쳤다. 담이가 뒤돌아보자 요비도 플라스틱 통에서 손가락을 떼고 뒤를 보았다. 휴가 손에 든 빈 물통을 붕붕 흔들었다.

"빨리 물 떠. 나도 떠 가야 해. 저 꼬맹이는 뭐야?"

"자기가 따라왔어."

담이는 다 받은 물통 뚜껑을 닫고 빈 물통에 새로 물을 받았다. 휴가 새총에 쓸 돌을 주워 주머니에 넣었다.

머릿속으로 소리가 들려왔다.

─저기에는 뭐가 있다?

요비가 부서진 건물 끄트머리를 가리키고 있었다.

휴가 말했다.

"학교."

휴의 입이 벌어졌다 닫히는 걸 보며 여행자 아이가 고개를 갸웃거렸다. 담이는 여행자들이 본래 갸웃거리는 건지, 사람들 행동을 따라 하는 건지 궁금했다.

─가 봐도 된다?

담이는 고개를 저었다. 요비가 다시 고개를 갸웃거렸다. 담이는 손가락으로 물통을 가리키고, 다시 집을 가리켰다.

─물통을 숙소에 가져다준 다음에 저기로 간다?

요비가 고집부리며 손가락 열네 개를 쫙 펼쳤다.

처음에 담이도 이 아이처럼 여행자들에게 조잘조잘 묻곤 했다. 저 끝에 뭐가 있어요? 이리 쭉 가면 어떤 동네가 나와요?

도시는 어떻게 생겼어요? 바다에도 가 봤어요? 어디까지 갈 거
예요? 하지만 여행자들이 사람의 말을 듣지 못한다는 걸 안 뒤
로 담이는 묻기를 멈췄다. 여행자는 사람들에게 자신이 원하는
걸 말할 뿐, 정작 사람들한테는 별 관심이 없었다.

담이는 물통을 채워 짐수레에 싣고 집으로 돌아갔다. 요비가
담이 뒤를 쫓아왔다. 졸졸 따라오는 여행자 아이가 꼭 병아리
같았다. 휴가 제 물통을 집에 가져다 놓고 오겠다면서 둘만 가
지 말라고 빽빽 소리쳤다.

담이가 가져온 물을 엄마가 커다란 대접에 담아 파라솔 탁자
에 놓았다. 여행자들은 대접에 손가락을 담그고 신선한 약수를
즐겼다.

—젖은 풀뿌리와 지렁이와 이끼 맛이 난다.

—버섯과 썩은 낙엽도 섞여 있다. 진하다.

—지구에서 이쪽 물맛이 가장 낫다. 아메리카 대륙은 물 엉
망. 거기선 찝찔한 캔 물, 팩 물만 마신다.

—요말론. 거긴 여행 금지 구역. 방사능으로 지하수 오염. 너
몰래 갔다?

—형 잔소리 나 안 듣는다. 내 맘.

통통한 여행자와 홀쭉한 여행자가 다툼을 벌였다. 어른들끼

리 다툼이 길어지자 심심하게 앉아 있던 요비가 끼어들었다.

―아빠. 요말론 삼촌이랑 라9 호수에 간다? 난 거기 안 간다. 지구인이랑 논다.

―그래도 된다?

통통한 여행자가 반가워하며 담이를 보았다. 담이가 고개를 끄덕였다.

―잘 부탁한다. 지구인.

두 여행자는 손목에 찬 기기를 보며 산길로 올라갔다. 산책하다 산길을 빙 돌아 호수로 갈 거라고 했다.

담이는 수첩 앞쪽에 있는 세계 지도 면을 폈다. 인도와 일본에 쳐 놓은 별표를 보았다.

☆ 방사능(지하수 오염)

담이는 아메리카 대륙에도 별표를 했다.

휴가 껑충껑충 뛰어왔다. 휴는 여행자에 관심이 많았다. 여행자들이 어떻게 지구에 오는지, 여행자들이 타는 우주선은 어떻게 생겼는지, 우주에 있는 여행자 행성은 어떤 곳인지 궁금해했다.

담이와 휴, 요비는 학교를 향해 뛰었다. 담이와 휴는 학교에서 한 번도 공부해 본 적이 없었다. 모든 게 무너진 9년 전, 담이는 세 살이었다.

갈라진 도로를 지나 담이와 휴가 만들어 놓은 샛길로 들어갔다. 징검다리를 건너 조금 더 걸으면 학교였다. 학교 운동장은 가슴까지 오는 잡초로 우거져 있었다. 쓰러져 있는 거무튀튀한 동상을 지나가면 부서진 건물 입구가 나왔다. 지붕도 없이 벽만 남은 건물 안에는 멀쩡한 게 없었다. 전자 칠판은 죄 부서져 있었고, 책상과 의자는 갈색 녹과 거무튀튀한 먼지로 덮여 있었다. 셋은 단단한 바닥을 뚫고 나온 잡초를 헤치며 걸었다. 담이와 휴에게 학교는 보물 창고였다. 어딘가에 만화책이나 인형 같은 게 숨어 있었다. 담이의 수첩과 연필도 학교에서 주워 온 거였다.

요비는 부서진 칠판과 쓰러진 책상을 보고 이곳이 학교라는 걸 스스로 알아냈다. 담이와 휴와 요비는 부서진 건물과 기둥 사이를 뛰어다니며 놀았다. 기울어진 기둥 위를 비틀비틀 걷고, 부서진 계단을 겅중겅중 뛰어 올라갔다. 요비의 갈색 발은 신발 밑창보다 튼튼해서 유리 조각을 밟아도 상처 하나 나지 않았다.

담이는 뒤집힌 책상 안에서 파란 연필깎이를 찾아냈다. 엄지만 한 연필깎이였다. 이 연필깎이가 있으면 수첩 사이에 끼워 둔 몽당연필을 녹슨 커터 칼로 깎지 않아도 되었다.

—그게 뭐다?

요비가 궁금해했다. 담이가 손바닥을 펴 보여 주자 호들갑을 떨며 신기해했다. 동생이 있다면 이런 기분일 것 같았다. 휴와 있을 때와는 무언가 달랐다. 연필깎이를 만지작대는 요비를 물끄러미 보다 담이가 말했다.

"너 줄게."

담이가 요비 손에 연필깎이를 놓고 손가락으로 요비를 가리켰다. 요비는 기쁜지 짧은 다리를 굴렀다. 더듬이가 앞뒤로 유쾌하게 흔들렸다. 문득 궁금해졌다.

"요비, 넌 어디까지 가 봤어? 산 너머에 뭐가 있는지 알아?"

요비가 운동장 쪽을 가리켰다.

—저기 털북숭이다.

요비가 말한 털북숭이는 토끼였다.

"도시로 갈 거니? 굴드 은행은 정말 햇살처럼 번쩍거려?"

—더듬이 있다.

휴가 입맛을 다시며 새총을 꺼냈다. 새총을 길게 잡아 늘인

순간, 요비의 긴 손가락이 새총을 쳤다. 돌멩이가 엉뚱한 방향으로 날아갔다. 휴가 날카롭게 외쳤다.

"야, 여행자 꼬맹이. 너 때문에 토끼 놓쳤어."

토끼 고기는 맛있다. 동네에 닭이랑 토끼를 키우는 집이 있지만, 아무 때나 고기 맛을 볼 수 있는 건 아니었다. 요비가 영문을 모르고 고개를 갸웃거렸다. 그러더니 조금 전 담이에게 받은 연필깎이를 휴에게 주었다. 단순한 휴는 마음을 풀고 연필깎이를 챙겼다.

돌아가는 길에 요비는 징검다리에 앉아 냇물에 손을 담갔다. 요비의 점심이었다.

－자갈, 이끼, 나무뿌리, 햇살 맛.

휴가 담이 옆구리를 툭툭 쳤다.

"쟤네는 어떻게 물만 먹고 살지?"

담이가 휴의 팔을 밀어냈다.

"박담. 왜 이러셔? 요비가 나한테 연필깎이 줘서 삐졌냐?"

'삐졌다'라고 간단히 말할 만한 기분이 아니었다. 동생 같은 꼬맹이에게 기껏 양보해 주었는데, 요비는 그걸 아무렇지도 않게 휴에게 넘겼다. 서운했다. 무언가를 준다는 건 담이에게 꽤 어려운 일이었다.

담이와 요비, 휴는 집으로 돌아왔다. 늘 그렇듯 집 안은 조용했다. 엄마는 알루미늄 지게를 지고 근처 숲으로 올라갔을 거다. 밥을 할 때도, 모기를 쫓을 때도 나무가 필요하다. 겨울이 오면 더 많이 필요하다.

－같이 그림 그린다. 여행 안내소에서 샀다.

요비가 차 안에서 놀라운 물건을 꺼내 왔다. 새 크레파스와 스케치북이었다. 스케치북 표지는 햇볕에 바래어 있었지만, 스프링에 매달린 빳빳한 흰 종이는 그대로였다. 흰 종이에 48색 크레파스. 이렇게 많은 색을 한꺼번에 본 건 처음이었다. 자줏꽃 색, 메뚜기 색, 맑은 하늘 색, 짙은 연못 색, 여행자 색, 그림자 색, 풍뎅이 색……

요비는 흰 종이를 북 뜯어서 담이와 휴에게 주었다.

휴는 눈처럼 새하얀 종이를 들고 멀뚱거렸다. 요비가 회색과 갈색 크레파스로 토끼를 그리는 걸 보고야 휴도 조심조심 우주선을 그리기 시작했다. 우주선에는 휴와 휴의 아빠와 엄마가 타고 있었다. 진분홍 티셔츠를 입은 휴의 엄마는 활짝 핀 진달래처럼 고왔다.

담이는 흰 종이를 쓰다듬었다. 살짝 거친 느낌의 두꺼운 종이. 파란 크레파스를 칠하자 색이 부드럽게 종이에 발렸다. 노

랑, 주황, 초록, 파랑. 색 이름을 입안에 굴리며 그 색을 종이에 칠했다. 도화지에 입혀지는 색이 무지개만큼 고와서 색칠을 멈출 수가 없었다. 요비가 그저 색으로 빼곡한 담이 그림을 보며 궁금해했다.

─그게 뭐다?

"나도 몰라."

실은 가고 싶은 저 너머를 그린 거였다. 담이에게 지구는 색으로 가득한 곳이었다.

그리기 놀이는 즐겁게 끝나지 않았다. 분홍 크레파스가 두 동강이 난 채 반쪽이 사라졌고, 파란색 크레파스 한 자루도 없어졌기 때문이다. 요비가 머릿속으로 라디오 잡음 같은 소리를 시끄럽게 전달했다. 소리치는 걸까? 아니면 우는 걸까? 담이는 요비가 고집스레 내는 소리를 견디기 어려웠다. 소파 밑을 찾는 척하며 주머니에 숨겼던 파란색 크레파스를 슬그머니 꺼냈다.

"자, 찾았어."

담이는 거짓말에 능숙하지 못했다. 얼굴이 붉어지고 콧등에 땀이 솟았다. 눈치를 챈 휴가 담이를 보고 비죽비죽 웃었다. 담이는 요비가 이상하게 여기지 않기만을 바랐다.

호수에서 돌아온 여행자들이 담이네 집을 떠날 때는 실랑이가 있었다. 차바퀴 때문이었다. 휴 아저씨가 초록색 손수레에 차바퀴를 싣고 왔다. 길가에 세워진 고물 차에서 맞는 바퀴를 찾아온 거다. 휴 아저씨는 바퀴를 두드리며 품에서 100굴드 두 장을 꺼내 보였다.

ㅡ바퀴. 고친다. 200굴드다?

통통한 여행자와 홀쭉한 여행자가 손목에 찬 기기로 부지런히 검색했다.

ㅡ여행 안내소. 바퀴 교체 100굴드. 지구인 두 배나 비싸다.

ㅡ나쁘다. 그러면 안 된다.

여행자들이 뭐라고 하든 휴 아저씨는 신경 쓰지 않았다.

"누가 억지로 하라나. 비싸면 말든가."

휴 아저씨가 초록색 손수레를 밀며 돌아섰다. 담이는 파란 수첩을 펴 새 정보를 적었다.

· 차바퀴를 바꾸는 데 100굴드쯤 하는 것 같다.

휴가 담이 수첩을 들여다봤다.

"그런 것도 써?"

담이가 으쓱이며 수첩을 주머니에 넣었다. 정보는 뭐든 쓸모 있었다. 휴 아저씨가 200굴드를 부른 것도 담이가 휴 아저씨에게 여행 안내소 기본 출장비가 200굴드라고 알려 줬기 때문이었다.

9년 전 큰 지진 뒤 한반도에는 부서지지 않은 도로가 없었다. 경부 고속 도로만 해도 곳곳이 끊기고 갈라졌다.

휴 아저씨가 멀어지자 여행자들 마음이 급해졌다.

―바꾼다. 자동차 바퀴. 200굴드 낸다.

휴 아저씨가 멈춰 서서 무뚝뚝하게 고개를 끄덕였다. 엄지와 검지로 동그라미 모양을 만들어 보인 다음, 손바닥을 여행자 쪽으로 내밀었다.

"돈부터."

휴 아저씨의 행동을 보고 뜻을 알아차린 통통한 여행자가 더듬이를 바르르 떨었다. 여행자는 일곱 손가락으로 연주하듯이 손목에 찬 기기를 눌렀다. 팔찌에서 딱지 모양의 납작한 청록색 굴드가 튀어나왔다. 200굴드였다. 통통한 여행자가 200굴드를 거칠게 내밀었다.

휴 아저씨는 묵묵히 차바퀴를 바꿔 달았다. 수리를 마친 휴 아저씨가 자동차를 탕탕 두드렸다. 그러고는 담이네 집을 나서며 담이 엄마에게 굴드를 흔들어 보였다.

"굴드도 벌었고, 저녁에 담이랑 감자 먹으러 와요."

휴가 담이에게 제 주머니를 툭 쳐 보였다. 휴의 주머니에는 연필깎이와 분홍 크레파스 반쪽이 들어 있을 터였다. 휴는 휘파람을 불며 아저씨 뒤를 따라갔다.

여행자들이 차에 오르기 전이었다. 요비가 48색 크레파스를 담이에게 내밀었다. 담이는 얼굴이 달아올랐다.

'이걸 왜 나한테 줘?'

씁쓸함이 차올랐다. 갖고 싶어서, 차마 거절할 수 없어서 속이 상했다. 고개를 떨군 담이가 묵묵히 크레파스를 받았다. 여행자들이 좋은 일을 했다는 듯 요비의 더듬이를 쓰다듬었다. 여행자들의 행동에 담이 가슴이 꽉 조여 왔다. 담이가 중얼거렸다.

"나한테 크레파스를 줘서 뿌듯해?"

담이는 눈을 들어 요비를 마주 보았다.

"너는 내 마음 모를 거야."

담이 말뜻도 모르면서 요비가 눈을 반짝였다. 요비의 즐거운 웃음이 담이에게 전달되었다. 좋은 아이였다. 그래도 담이는 마주 웃어 주지 못했다.

자동차가 떠났다.

이날 밤 담이네는 휴네 집 평상에 앉아 찐 감자를 먹었다. 휴네 아저씨가 농사지은 여름 감자다. 알은 작아도 포슬포슬 맛있었다. 담이는 휴에게 크레파스가 생겼다고 말하지 못했다. 처음 가진 크레파스를 빌려줄 자신이 없었다.

"여행자들이 아메리카 대륙에 방사능 오염이 심하대요."

담이 말에 엄마가 머리를 감쌌다.

"어느 쪽이? 남아메리카야, 북아메리카야?"

담이는 고개를 흔들었다. 엄마가 발끝으로 땅을 찼다.

"망할. 거긴 괜찮길 바랐는데."

미국에 미주 이모가 있었다. 9년 전 이모는 관광을 시켜 준다며 할머니를 미국으로 불렀다고 했다.

"엄마, 방사능 오염이 왜 일어났어?"

엄마가 하늘을 보며 기억을 더듬었다.

"9년 전에 마을이 무너질 만큼 커다란 지진이 일었어. 큰 지진이 네 번이나 연달아 일어났어. 여진은 수년이나 계속되었고. 세상이 다 망해도 이상하지 않을 만큼 길게 이어졌어."

담이는 아빠와 동생 연이를 사진으로만 알았다. 아빠는 연이를 데리고 병원에 갔다가 돌아오지 못했다. 소아과가 있던 8층 건물은 풀썩 주저앉았다.

지진이 담이 아빠와 동생을 삼킨 뒤, 뒤이어 퍼진 전염병이 휴의 엄마를 앗아 갔다. 9년 전 세 살이었던 담이는 아빠도, 동생도 잘 기억하지 못했다. 휴도 마찬가지였다. 엄마는 기억하지 못해서 차라리 다행이라고 했다. 기억이 날 때마다 가슴에 베인 듯 긴 상처 자국이 남는다고.

여긴 모든 게 낡아 있었다. 새로 만들어지는 건 없고 과거에 만들어진 것들은 갈수록 낡아 갔다. 도로는 부서졌고, 수도는 녹슬어 있었다. 엄마의 미소도 오랫동안 입어 여기저기 뜯어지고 보풀이 난 티셔츠처럼 해어져 있었다.

'세상은 점점 낡아 가기만 할까?'

휴가 하늘을 보고 외쳤다.

"우주선이다."

타원형 우주선이 흰 빛무리를 만들며 날아갔다. 휴의 눈이 우주선이 사라진 너머로 향했다.

"나도 날아 보고 싶다."

담이가 휴에게 물었다.

"그게 네 꿈이야?"

휴가 양손을 펴 보이며 웃었다.

"백 가지 꿈 중 하나. 우주 비행사도 되고 싶고, 보물 사냥꾼도 되고 싶어. 벌레 퇴치사나 새총 개량사도 재밌을 것 같아. 아주 용감한 어른이 되면 좋겠어. 난 가끔 공룡도 되고 싶어."

48색 크레파스로도 다 담지 못할 꿈이 휴의 가슴에 있었다.

담이는 파란 수첩을 쥐고 하늘을 보았다. 밤하늘에 쏟아질 듯 별이 반짝였다. 휴 아저씨는 한때 별을 보지 못하리라 생각했다. 지금은 밤마다 별을 눈에 담는다. 그러니 담이의 소망도, 휴의 꿈도 어느 날 눈앞으로 다가올지 모른다.

담이는 파란 수첩의 모서리를 부드럽게 쓸었다. 담이의 꿈은 이 수첩 안에 있었다. 가 보지 못한 길. 겪어 보지 못한 장소. 저 너머에 있을 마을과 호수와 도시. 담이는 라8 호수와 여행 안내소에 들르고 싶었다. 복잡한 시내와 굴드 은행을 가 보고 싶었다. 라디오에서 흐르는 노래를 들으며 무너진 길을 두 발로 걷고 싶었다. 담이에게 지구는 망해 버린 세상이 아니었다. 담이가 사는 현재였다.

담이는 말린 쑥을 도자기 화로에 던져 넣었다. 침묵 속에 타닥타닥 쑥이 타올랐다. 매운 연기가 피어오르며 쑥 향이 굽이굽이 퍼져 나갔다.

안녕

우리 연립 화단에 작은 벚나무가 있다. 나보다 조금 큰 벚나무인데 얼마 전부터 시들해 보였다. 자세히 보니 늘어진 잎 사이 마른 가지에 애벌레가 다닥다닥 붙어 있었다. 아코디언 같은 몸에 노란 줄무늬를 가진 검은 애벌레였다.

함께 등교한 채연이는 애벌레 얘기를 듣고 몸서리쳤다.

"그런 얘기 하지 마. 애들이 우리 동네 후진 줄 알아."

무안해져 웃었다. 웃음은 담요처럼 마음을 덮기 좋았다.

왼쪽 줄 앞쪽에 앉은 설경지가 책을 꺼냈다. 〈추리 남매〉 시리즈 11권이 나온 건 알았지만…… 언제 빌린 걸까? 설경지는 도서관에서 신간을 가장 먼저 빌리는 애였다.

채연이가 내 의자에 걸터앉아 휴대폰을 켰다.

"가온아, 어젯밤에 댄스 경연 본방 봤어?"

"아니."

채연이가 귀에 꽂고 있던 이어폰 한쪽을 빼서 나에게 내밀었다. 우리는 이어폰을 나눠 끼고 댄스 경연 하이라이트를 같이 보았다.

"여기. 팔꿈치 올리고 탁탁."

"멋지다."

채연이와 얘기하고 싶어 방송 댄스를 찾아봤는데 벼락치기로는 밋밋한 대꾸밖에 안 나왔다.

누군가 댄스 음악을 틀었다. 교실 뒤로 나간 은수와 민아가 머리를 까닥이며 박자를 타기 시작했다. 채연이가 두 사람 옆으로 달려가 같이 춤을 췄다. 다리를 앞으로 뻗어 옆으로 돌리는 동작이 딱 맞았다. 노래가 끝난 뒤 셋이 재잘거렸다.

"채연이 너는 춤 선이 예뻐."

"채연아, 너도 우리 학원 와. 댄스 샘 실력파야."

"너희가 알아주는 재능을 엄마는 왜 몰라볼까? 5학년은 공부할 시간도 모자란다고, 무슨 댄스 학원이냐셔."

채연이는 은수, 민아와 가까웠다. 은수와 민아는 꼭 붙어 다니는 짝꿍이었다. 같은 방송 댄스 학원에 다녔고, 쉬는 시간 틈틈이 어려운 춤 동작을 연습하며 놀았다. 채연이가 자리로 돌아와 휴대폰과 이어폰을 챙겼다.

"가온아, 화장실 가자."

자리에서 일어났다. 채연이가 생글거리며 내 팔짱을 끼었다. 맞닿은 팔과 팔이 따끈했다.

화장실에 왔는데 채연이가 막 생각난 듯 물었다.

"가온아, 언제 줄 거야?"

"뭘?"

"책 줄거리. 지난주 약속한 거 까먹었어?"

벌써 써 줬다.

지난주 월요일은 5월 첫날이었다. 선생님이 5월을 '우리 반 독서의 달'로 정하고 매주 한 편씩 독후감 써 오기 숙제를 내 주었다. 채연이는 집으로 돌아가는 내내 투덜거리며 책 줄거리를 인터넷으로 검색해 베껴 내겠다고 했다. 그 말을 듣고 생각했다. 줄거리, 쓰기 쉬운데. 내가 써 주면 채연이가 좋아할까.

이때껏 채연이와 나는 등하교를 같이했다. 집 방향이 같아서 함께 다녔으나 교실에 들어가면 채연이는 꼭 은수, 민아 자리로 갔다. 나는 채연이와 더 가까워지고 싶었다. 내가 먼저 숙제를 도와주겠다고 했다. 채연이에게 줄거리를 써 줄 테니 네가 느낌만 몇 줄 붙이라고 했다. 채연이 얼굴이 환해졌다. 채연이는 당장 써 줄 수 있냐고 했고, 나는 채연이와 놀이터 벤치에 나란히 앉았다. 연습장에 쓱쓱 줄거리를 쓰는 동안 채연이의 감탄이 귀를 간지럽혔다. 그 뒤로 채연이는 내 자리로 자주 놀러 왔다. 화장실에도 같이 다니게 되었다.

그런데 해피엔드로 끝났어야 할 일이 네버 엔드로 흘러가려고 했다.

"가온아, 독후감 이번 주도 내야 하잖아. 내 줄거리 안 써 줄 거야? 난 너만 믿고 있었는데."

채연이가 내 팔에서 팔짱을 풀었다. 팔이 떨어져 나가니까 불안해졌다. 나는 허둥지둥 대답했다.

"다음 쉬는 시간에 쓸게."

화장실 칸이 열리고 설경지가 나왔다. 들었을까?

"숙제는 자기가 해야지."

설경지 말에 얼굴이 뜨거워졌다. 채연이는 못 들은 척 거울을 보며 앞머리를 정돈했다. 설경지가 고개를 돌리고 지나쳐 갔다. 화장실을 나가는 설경지 뒤통수를 채연이가 하얗게 흘겨 보았다.

"잘난 척은."

설경지에게 들릴 텐데.

"가온아, 쟤 눈치 봐?"

"그런 거 아니야."

몇 달 전부터 설경지가 잘난 체한다는 말이 돌았다. 한번 생긴 소문은 바람처럼 아이들 사이를 옮겨 다니다 설경지 몸에 엉겨 붙었다. 설경지와 말도 안 해 본 애들이 설경지에 대해 수군거렸다. 교실에서 설경지는 얼룩 같았다. 수채 풍경화 위에 떨어진 초라한 검은 얼룩.

교실로 돌아가 자리에 앉았다. 떠버리 민후가 설경지 앞에서 사극 말투로 장난을 쳤다.

"여보게들, 아까 누가 내 팔을 치고 가는 거 봤소? 거기서 고린내가 심히 나오."

그게 설경지 놀리기라는 걸 반 애들 누구나 알았다. 민후가 코를 막으며 비틀거렸다.

"악! 고린내. 더는 못 견디오."

억지였다. 설경지한테는 고린내가 안 났다. 오히려 민후 같은 남자애들한테서 좀 시큼한 땀내가 났다. 애들은 다 알면서 피식피식 웃었다.

얼마 전에 설경지 엄마가 학교에 다녀갔다. 선생님은 같은 반 친구를 놀리지 말라고 주의를 주었다. 민후에게도 한 소리를 했다. 그 뒤로 아이들은 설경지 이름을 부르지 않았다. 이름을 쏙 빼놓고 걔가 이랬대, 저랬대 떠들었다. 집에서 호되게 혼났다던 민후의 장난은 더 짓궂어졌다.

쉬는 시간이 되었다. 어제 읽은 책이 떠올랐다. 두께는 얇아도 읽고 나면 생각할 게 많아져서 좋아하는 책이었다. 나는 연습장을 꺼냈다. 그 책 줄거리를 써 주면 됐다. 연필이 휙휙 움직였다.

채연이가 감탄했다.

"자동판매기네. 누르니까 척척 나오고. 다 쓰는 데 얼마나 걸려?"

글에 내 생각과 느낌을 담는다면 오래 걸리겠지만, 줄거리만 쓴다면…….

"10분도 안 걸릴걸."

"너처럼 빨리 쓰는 애 없겠다. 안 그래?"

코앞에서 칭찬을 들으니 쑥스러웠다.

"별로 어렵지 않아."

채연이가 깔깔대며 내 등을 두드렸다.

"듬직하다, 이가온."

다음 쉬는 시간에 줄거리를 완성해서 채연이에게 줬다. 기다리고 있던 채연이가 주머니에서 사탕을 꺼내 껍질을 벗겼다.

"가온아, 아."

입을 벌렸다. 사탕이 내 앞니에 부딪혀 바닥으로 떨어졌다. 그걸 민후가 집어 들었다. 민후는 사탕에 붙은 먼지를 툭툭 털어 내곤 채연이가 들고 있던 사탕 껍질을 빼앗아 새것처럼 도로 쌌다. 사탕을 설경지 책상에 놓았다. 채연이가 재미있다는 듯 민후와 사탕을 번갈아 보았다.

교실로 돌아온 설경지가 사탕을 보았다. 설경지는 망설이며 주위를 두리번거렸다. 누군가가 준 선물이길 바라는 걸까. 나는 가슴이 답답해졌다.

먹지 마.

부스럭. 사탕 껍질이 벗겨졌다.

먹지 말라고.

사탕이 설경지 입안으로 들어갔다. 곧 채연이가 물었다.

"민후야, 내 사탕 어디 갔어? 그거 땅에 떨어진 건데."

민후가 장난스레 대꾸했다.

"몰라. 누가 주워 먹었나?"

설경지 얼굴이 딱딱해졌다. 설경지는 사탕을 문 채 벌떡 일어났다. 쫓기는 동물처럼 교실 밖으로 뛰쳐나갔다. 민후가 웃었다. 채연이가 웃었다. 은수가 웃고 민아가 웃었다. 웃음이 교실에 퍼져 나갔다. 나도 같이 웃었다. 나는 불편한 마음을 꼭꼭 숨겼다.

이날 저녁 나는 빌린 책을 챙겨 구립 도서관으로 향했다. 설경지가 도서관 열람실에 와 있었다. 나는 구석 자리로 가서 책을 폈다. 설경지는 내가 앉은 자리를 덤덤히 지나쳐 갔다. 책 몇 권을 뽑아 들고 바닥에 양반다리로 앉아 읽는 설경지 모습이 평소와 다르지 않아 안심되었다.

나는 3학년 때 이 동네, 이 학교로 옮겨 왔다. 아는 얼굴 없는 교실에서 나는 거북이가 되었다. 목을 움츠리고 소리도 잘 내지 못했다. 그 교실에서 설경지는 나와 반대였다. 번쩍 손을 들고 하나라도 더 말하고 싶어 했다. 반 아이 정도로 끝났을 인연은 도서관에서 이어졌다. 방학 때 구립 도서관에서 하는 글쓰기 특강을 설경지와 같이 듣게 되었다. 설경지는 친구와 장난치다가도 수업이 시작되면 진지해졌다. 글을 쓰다 멈추고 골똘히 생각하는 걸 보며 설경지가 어떤 애인지 궁금해졌다.

4학년이 되면서 나도 아이들 사이에 섞일 수 있었다. 함께 다니는 아이들이 나를 싫어하지 않도록 애썼다. 설경지와는 다른 반으로 갈라졌다. 그래도 도서관에 가면 늘 설경지가 있었다. 도서관을 집처럼 들락이는 애는 설경지뿐인 것 같았다. 한 번은 설경지가 읽는 책이 궁금해 뒤에서 기웃거리다 들고 있던 천 가방을 놓쳤다. 빌린 책과 연습장과 필통이 죄다 튕겨 나왔다. 필통에서 연필이 와르르 쏟아졌다. 도서관 안의 사람들이 다 나만 쳐다보는 것 같았다. 뜨거워진 얼굴로 쭈그려 앉아 연필을 모았다. 설경지가 같이 연필을 주워 주었다. 그러다 내가 빌린 책을 보고 말했다.

"나 그 책 읽었어. 범인은……."

"안 돼."

나도 모르게 말했다. 설경지가 장난스럽게 웃었다.

"말하면 반칙."

친구는 아니지만 호감이 가는 아이. 설경지는 그런 애였다. 그러나 5학년이 되어서 다시 만났을 때는…….

한 달이 흘렀다. 그동안 화단 벚나무에서 득실대던 벌레가 사라졌다. 엄마가 방역을 했다고 알려 줬다. 애벌레에게 파먹힌 잎은 누렇게 시들었다. 다른 나무들이 초록 잎을 덥수룩이 두르는 6월에 벚나무 혼자 반벌거숭이가 되었다.

고개를 흔들며 연필을 고쳐 쥐었다. 나는 환경 포스터 글씨를 쓰고 있었다. 채연이가 맡긴 포스터였다. 이제 네가 하면 좋겠어. 입안에서 수십 번 굴려 본 말을 꺼내지 못했다. '아껴 쓰고 다시 쓰자'를 써야 하는데 이제 겨우 '쓰' 자를 마쳤다. 채연이는 내 옆에서 은수와 재잘대고 있었다. 은수가 좋아하는 아이돌 그룹 신곡이 어제 나왔다.

포스터는 정직하다. '우리는 지구 지킴이', '물 절약은 지구 사랑', '그린 에너지로 그린 시티'. 글자와 그림을 보면 뭘 말하는지 훤히 알 수 있다. 교실에는 포스터처럼 선명한 게 별로 없었다. 날마다 어려운 숨은그림찾기를 하는 기분이 들었다. 연필을 쥔 손에 힘이 들어갔다. 글씨가 잘 써지지 않았다. 커다란 돌이 머리를 누르는 듯했다. 채연이에게 나는 친구일까.

"채연아, 네 포스터 세 글자 썼어. 나머지는 네가 해도 되지?"

"얘는, 조금만 더 쓰면 되겠네. 써 줘. 나 포스터 글씨 못 쓴단 말이야."

채연이가 웃자 머리가 지끈거렸다. 이러다간 머릿속이 으깨진 두부처럼 될 것 같았다.

"그만할게."

"왜? 너 쉬는 시간에 할 것도 없잖아."

얼굴이 달아올랐다. 채연이 말은 반칙이었다. 나는 가까스로 대꾸했다.

"내 포스터도 아직 다 못 만들었어."

채연이가 고개를 갸웃거렸다.

"넌 집에 가서 하면 되지."

지난주 줄거리를 써 줄 때도 비슷한 말을 들었다. 싫었지만 참았다. 마지막으로 해 준다고 생각했다. 하지만 지금은.

망치가 가슴을 꽝꽝 내리치는 듯 아팠다.

"이건 네 숙제야."

채연이 얼굴이 얼떨떨하게 변했다. 눈이 둥그레지고 입이 반쯤 벌어졌다. 당황한 모습이었다. 나는 연필과 눈금자를 책상에 내려놓았다. 눈금자가 책상 아래로 떨어졌다. 큰 소리에 나도 놀라고 채연이도 놀랐다.

"무슨 일이야?"

아이들이 한꺼번에 나를 보았다. 자리에 앉은 설경지도 고개를 돌려 내 쪽을 보았다. 아이들이 웅성거리자 채연이가 당황한 표정을 지웠다. 채연이는 숨을 들이마시고, 스케치북을 훅 낚아챘다.

"됐어. 하지 마. 도와준다더니 꼭 내가 시킨 것처럼 말한다?"

목소리가 싸늘했다. 채연이와 쌓아 온 우정이 종이로 만든 집처럼 주저앉았다.

"내가 이걸 도와준다고 했다고?"

"기억 안 나?"

"그건 줄거리 얘기였어."

"그때부터 도와준댔지. 너, 별로 어려운 일 아니라고 했잖아."

채연이 입에서 나온 말이 낯익으면서도 낯설었다. 내가 한 말과 닮았는데 내가 한 말이 아니었다.

"이가온. 나한테 어떻게 이래? 내가 그렇게 만만해?"

채연이한테서 흐느낌이 터졌다. 채연이 어깨가 들썩였다.

나도 뭐라고 말하고 싶은데 목에 자물쇠가 잠긴 듯했다. 단추가 삼백 개 달린 옷을 입은 느낌이었다. 백 개쯤 채운 뒤에야 첫 단추가 잘못되었다는 걸 알게 된 기분.

나는 간절히 은수를 봤다. 눈이 마주치자 은수가 곤란한 얼굴로 채연이를 보았다. 은수는 채연이가 나에게 포스터 글자를 써 달라고 하는 걸 지켜봤다. 망설이던 은수 입이 열렸다. 매서운 소리가 튀어나왔다.

"이가온, 도와주기 싫었으면 진작 말하지. 자는 왜 내던지고 그래?"

은수 말은 신호탄이 되었다. 채연이의 흐느낌이 커졌고, 아이들 목소리가 엉킨 실타래처럼 뒤섞였다. 쟤들 왜 저래? 가온이가 채연이 울렸어. 이가온이 채연이한테 성질부렸어. 채연이가 속상해서 울잖아. 어디나 끼어드는 떠버리 민후가 웬일인지 조용히 나와 채연이를 살폈다. 침묵도 마음을 화끈거리게 한다는 걸 알았다.

나는 끈적한 밀가루 반죽에서 떨어져 나온 부스러기가 되었다. 마음이 너덜너덜 해어졌다. 눈물을 누르다 은수와 눈이 마주쳤다. 미안함에 흔들리는 눈. 그 눈은 마음을 들키고 싶지 않다는 듯 금세 나를 비켜 비스듬히 땅을 향했다. 그런 눈을 전에도 보았다. 화장실에서 설경지를 흘기는 채연이를 피해 거울을 보았을 때, 마주친 내 눈이 그렇게 흔들렸다.

수업 시간이 되자 선생님이 돌아선 틈에 쪽지가 돌았다. 나에게는 오지 않았다. 불안과 두려움이 몸을 기어다녔다.

학교 수업이 끝났다. 잠시도 교실에 더 있고 싶지 않았다. 나는 교실 밖으로 뛰쳐나가 달음박질쳤다.

숨을 몰아쉬며 연립 안으로 들어섰다. 눈앞에 벚나무가 있었다. 부서질 듯 마른 가지에 듬성듬성 잎이 달린 벚나무는 어느 때보다 초라해 보였다. 고개가 땅으로 떨어졌다. 나도 모르게 흠칫했다. 발밑에 그림자가 잘게 쪼개지고 있었다. 쪼개지고 쪼개져 손가락만큼 작아진 그림자 파편들이 벚나무 가지로 향했다. 꾸물꾸물 움직이는 모습이 애벌레 같았다. 줄기를 타고 올라 가지마다 다닥다닥 매달린 그림자 애벌레가 앞턱을 오물거렸다. 사각사각, 사각사각. 무엇을 먹어 치우는 걸까. 애벌레 한 마리가 내 팔 위로 툭 떨어졌다. 숨이 막혔다. 애벌레는 팔 오금으로 미끄러져 와 부드러운 살갗을 가차 없이 물어뜯었다.

"악!"

나는 서둘러 애벌레를 털어 냈다.

"가. 저리 가!"

고함이 터져 나왔다. 현관 앞에 기대어 있던 빗자루를 집어 나뭇가지를 거칠게 쓸어 내렸다. 그림자 애벌레들이 우수수 떨어졌다. 화단에 떨어진 애벌레들은 뒤엉켜 꿈틀거리다 물 얼룩이 마르듯 스르르 지워졌다. 빗자루를 집어 던지고 쭈그려 앉았다. 억울했다. 다리가 저릿해 올 즈음 설경지가 떠올랐다. 설경지를 만나고 싶었다.

도서관은 한산했다. 나는 도서관 이곳저곳을 돌아다녔다. 1층과 2층을 돌고 지하를 훑었다. 그렇게 빙빙 돌다 다시 1층

어린이 열람실 앞으로 갔다. 열람실 유리문 앞에 서서 안을 들여다보았다. 설경지가 가방에서 숙제를 꺼내어 책상에 펴고 있었다. 막상 설경지를 보자 조급하던 마음이 가라앉았다. 열람실 안으로 들어가는 대신 입구 쪽 쿠션 의자에 앉았다. 벽에 등을 대고 생각했다. 나는 설경지를 만나 뭐라고 말하고 싶은 걸까.

'나 억울해. 설경지 너는 이해하지? 너도 억울하게 따돌림당하고 있으니까.'

그 말, 알면서 모르는 척했다는 얘기야.

'그래. 네가 억울한 거 알고 있었어. 그날 기억나? 학기 초에 선생님이 쪽지 시험에 다 맞은 두 사람을 세우고 칭찬했던 날. 두 명 중 한 사람이 너였어. 그날 너는 들떠서 수업 시간마다 손을 들었어. 반장이 선생님께 물어본 걸 네가 대신 대답할 만큼 신이 나 있었어. 네가 없을 때 누군가 빈정거렸어. 잘난 척한다고. 너를 조롱하는 말들이 교실 안을 떠다녔어. 이유 같지 않은 이유로 아이들이 너를 따돌리기 시작했지. 지켜보며 나는 두려워졌어. 너한테 다가갔다가 나도 따돌려질까, 겁이 났어. 나는 미안한 마음을 마음속 상자 안에 숨겼어. 꼭꼭 닫아걸고 안 보려고 했어.'

나는 곤란한 일을 보지 않으려 고개를 돌렸다. 숙제를 해 주고 친구를 얻으려 했다. 잘못된 방법인 줄 알면서 멈추지 못했다. 나는 실수투성이었다. 얼굴이 홧홧해졌다.

열람실 문을 열고 나오는 설경지를 보자 도망치고 싶어졌다. 문득 당황하던 채연이가 떠올랐다. 곤란해하던 은수, 어쩔 줄 몰라 하던 민아가 떠올랐다. 그 애들 마음에도 나처럼 상자가 있을 것 같았다. 나도 모르게 열리려는 상자를 어떻게든 닫으려 애쓰고 있지 않을까. 상자를 여는 것은 닫는 것보다 훨씬 어려운 일이었다.

의자에서 일어났다.

"설경지."

설경지가 돌아섰다.

목구멍에서 울음이 출렁거려 가까스로 입을 열었다.

"너는 잘못하지 않았어."

설경지는 얼룩 같은 아이가 아니었다. 책을 좋아하고 도서관을 좋아하는 같은 반 5학년 아이였다. 수업 시간에 발표하고 싶은 게 많고, 아는 척 때문에 눈총도 받는 헛똑똑이. 나에겐 친구가 되고 싶은 아이. 그리고…… 내가 외면했던 아이.

설경지의 눈을 차마 볼 수 없어 도서관 바닥만 쳐다보았다.

"너도. 네 잘못 아니야."

눈을 들었다. 설경지가 보였다. 긴장한 채 어색하게 나를 바라보는 설경지의 굳은 얼굴. 흐릿한 풍경 속에 있던 설경지를 이제야 바로 보는 기분이었다. 두려움과 마주하는 법을 조금 알 것 같았다. 눈물이 쏟아졌다.

"안녕, 이가온."

나는 눈을 깜박이며 고개를 끄덕였다. 우리의 첫 번째 인사였다.

"안녕, 설경지."

내 가슴에 들어온 작은 벚나무 가지가 가볍게 흔들렸다. 앙상한 가지에 연두 잎이 돋고 있었다. 나는 나무가 초록 잎으로 무성해지리란 걸 알았다. 내 작은 나무에게 인사했다.

안녕.

지금은, 꿈

장미색 입술 보호제를 입술에 톡톡 발랐다. 윗입술과 아랫입술을 꽉 눌렀다가 떼고 약지로 살살 문질렀다. 촉촉해진 입술이 잘 닦은 사과 껍질처럼 반들거렸다. 거울을 향해 생긋 미소 지어 보였다.

5학년이라도 난 6학년만큼 크다. 전에는 껑충한 키가 싫었는데 지금은 키가 커서 좋다. 더 어른스러워 보이고 싶다. 중학교 1학년과도 어울릴 만큼.

흰 티에 청바지 차림의 할아버지가 나에게 손짓했다.

"두나야, 가자."

오늘은 할아버지네 노래 팀 '우리 동네 실버 중창단'의 마지막 연습 날이다. 할아버지는 두 달째 토요일마다 주민 센터 2층 교실에서 아카펠라를 연습했다. 나는 할아버지 부탁으로 연습하는 중창단의 사진과 영상을 휴대폰에 담고 있었다.

"두나야, 자고로 사진은 자연스러운 현장 사진이 으뜸이야. 영상 촬영할 때는 흔들리지 않게 조심하고."

나는 길어지는 말을 밀어냈다.

"할아버지, 잔소리 길게 하면 나 안 찍어요."

할아버지가 두 손을 흔들었다.

"아차, 우리 찍사님 마음 상하면 안 되지. 여기서 끝."

집을 나오자 연분홍 꽃잎이 거리에 흩어져 있었다. 집 앞에 있는 두 그루 벚나무가 분홍 솜사탕처럼 보였다. 벚꽃 나무 너머로 열무 꾸러미를 든 할머니가 걸어오고 있었다. 할아버지가 티셔츠를 한 손으로 툭 털며 말했다.

"두나야, 저기 우리 주민 센터 노래 교실 동무다."

할아버지가 성큼성큼 할머니에게 걸어갔다.

"소연 씨, 뭘 무겁게 들고 와요? 바퀴 달린 장바구니 없어요?"

할머니가 털털하게 웃으며 열무를 바닥에 내려놓았다.

"한의원 갔다 오는 길에 샀어요. 열무가 얼마나 싸고 싱싱한지 몰라요. 열무김치 좋아해요?"

열무 꾸러미를 할아버지가 대신 들었다.

"관절 때문에 속 썩는 양반이 무거운 걸 들고 그래요. 갑시다."

할아버지는 나에게 잠깐만 기다리라고 했다. 나는 벚나무 아래 벤치에 앉았다. 열무 꾸러미를 든 할아버지와 할머니가 나란히 걸어갔다. 미지근한 바람에 벚꽃 잎이 눈처럼 떨어졌다. 두 분 뒷모습을 휴대폰 카메라로 찍었다. 봄을 머금은 벚나무를 찍고, 발밑에 흩어진 분홍 봄 조각들을 찍었다. 찰칵, 찰칵.

돌아온 할아버지에게 물었다.

"할아버지, 연애해요?"

묻는 것도 어색했다. 떡볶이와 바게트처럼 어울리지 않는 느낌.

"할아버지는 할아버지면서."

내 말에 할아버지가 웃었다. 할아버지 눈가에 주름이 자글자글 잡혔다.

"저기 봐라. 벚꽃은 지고도 예쁘다."

할아버지가 가리키는 손가락 끝에 꽃이 모두 진 벚나무가 서 있었다. 연초록 잎 사이로 꽃잎을 떨군 진분홍 꽃대가 보였다. 바늘처럼 길쭉한 진분홍 꽃대들이 작은 잎과 함께 나풀대었다.

그래서 연애를 한다는 걸까, 안 한다는 걸까. 내가 다시 물으려는데 할아버지가 먼저 말했다.

시네마틱 　 비디오 　 사진 　 인물사진 　 파노라마

"지금은 봄이지. 너도 봄이고. 가슴이 꽃 피듯 간질간질하지?"

그 말에 가슴이 덜컹거렸다. 내가 토요일마다 군말 없이 할아버지를 따라가는 건 콩고물, 아니 밤빵고물 때문이다. 중창단원 중 한 분인 밤빵 할아버지네 빵집에서는 오후 2시에 밤빵이 나온다. 그걸 빵집 손자 우석 오빠가 교실로 들고 온다. 할아버지가 내 짝사랑을 눈치챘니?

할아버지와 나는 주민 센터 2층 교실에 꼴찌로 도착했다. 할아버지 친구들 셋은 교실에 앉아 목을 풀고 있었다.

"도레미파솔라시도."

"도미솔미솔미도."

배에 힘주고 소리를 내던 막내 할아버지가 손을 흔들었다.

"형하고 찍사, 왔어?"

밤빵 할아버지도 반갑게 손을 흔들었다.

"두나 왔구나."

밤빵 할아버지네는 소문난 단짝 부부다. 할머니랑 날마다 운동도 같이 하고 주민 센터에서 커플 댄스도 같이 춘다. 다음 주에는 금혼식도 치른다. 금혼식은 50년을 함께 산 부부가 쉰 번째 결혼기념일을 특별히 축하하는 건데, 밤빵 할아버지는 10년

당겨 40년 만에 집에서 금혼식을 한다고 했다. 두 달 전부터 토요일에 주민 센터 교실로 할아버지들이 모인 것도 금혼식을 위해서다. 금혼식에서 '벚꽃 엔딩'을 아카펠라로 부를 거랬다.

할아버지가 나에게 영상 촬영을 부탁했다. 나는 할아버지들을 향해 휴대폰을 들었다.

"밤빵 형, 이제 노래 맞춰 볼까?"

아카펠라는 악기 없이 사람의 목소리로만 화음을 만드는 음악이다. 네 할아버지가 한 줄로 서서 가볍게 손뼉을 치며 박자를 탔다.

"하나, 둘, 셋, 넷."

밤빵 할아버지의 노래가 시작되었다.

"그대여, 그대여, 그대여, 그대여, 그대여."

뒤이어 세 할아버지가 "바바밥빠." 멜로디를 넣었다. 밤빵 할아버지의 부드러운 목소리, 우리 할아버지의 가볍고 칼칼한 목소리, 돌배 할아버지와 막내 할아버지의 낮은 목소리가 한데 어우러졌다.

"오늘은 우리 같이 걸어요, 이 거리를. 밤에 들려오는 자장노래 어떤가요, 오예."

밤빵 할아버지가 부르는 노래 밑으로 "둣둣 두루.", "뜸즘 뜸즘." 세 할아버지의 화음이 쌓였다. 함께 피어 더 예쁜 봄꽃처럼 넷이 함께해 더 아름다운 노래가 되었다.

그러다 "봄바람 휘날리며."부터 밤빵 할아버지 목소리가 불안하게 흔들렸다. 이내 네 목소리가 들쭉날쭉해졌다. 목소리들은 따로 널뛰다 뒤로 가서야 가까스로 화음을 잡았다.

녹화 끝.

나는 녹화한 영상을 할아버지에게 문자로 보냈다. 할아버지들이 옹기종기 휴대폰을 둘러싸고 화면을 들여다봤다.

막내 할아버지가 아쉬워했다.

"잘 나가다 중간에 음이 꼬였어."

밤빵 할아버지가 굳은 목소리로 말했다.

"내 실력이 모자라서 그래. 나보다 노래 잘하는 돌배가 가사 파트를 맡아야 하는데."

돌배 할아버지가 즉석에서 가사를 바꿔 노래했다.

"흔들리는 밤빵 마음 울려 퍼질 금혼식에. 내가 왜 불러."

우리 할아버지가 얼굴을 찡그렸다.

"밤빵. 금혼식 주인공이 노래 좀 실수한다고 찡그러질 거야? 네 부인은 선녀다, 선녀. 찡그러진 밤빵이 좋다고 금혼식까지 해 준다니."

막내 할아버지가 거들었다.

"형들, 우리 부인은 죽어도 금혼식 안 한대. 같이 사는 게 얼마나 지겨운데 그걸 기념까지 하내. 우리 둘이 생각이 똑같다고 낄낄 웃었어."

희한하다. 사랑해서 결혼했는데 누군가는 왜 같이 사는 게 지겨울까. 지겨운 게 왜 슬프지 않고 도리어 웃길까. 그것도 사랑일까.

"형은 소연 누님하고 어때?"

막내 할아버지 말에 우리 할아버지가 웃었다.

"말벗이나 하는 거지."

나는 휴대폰을 들여다보는 척하며 할아버지들 얘기를 들었다. 기분이 껄끄러웠다.

할아버지들이 시끌시끌 얘기하는 사이 교실 문이 열렸다. 고소한 밤빵 냄새가 풍겼다. 변성기에 걸린 걸걸한 목소리가 귀를 타고 들어왔다.

"안녕하세요."

우석 오빠가 웃자 가느다란 눈이 초승달처럼 휘어졌다. 벌어진 입으로 가지런한 이가 드러났다. 가슴이 쿵쿵 뛰며 머릿속에서 '벚꽃 엔딩'이 재생되었다. 그대여, 그대여, 그대여, 그대

여, 그대여.

우리 할아버지가 우석 오빠에게 손짓했다.

"우석아, 이리 와서 우리 중창단 노래하는 거 봐라."

우석 오빠가 할아버지 휴대폰을 보는 틈에 나는 주머니에서 입술 보호제를 꺼내 발랐다. 우석 오빠는 영상을 보며 발로 박자를 맞췄다. 오빠가 시원하게 웃었다.

"우와, 할머니 사르르 녹겠다. 앞부분 최고예요."

밤빵 할아버지가 초조하게 물었다.

"뒤쪽은?"

"지난주보다 훨씬 좋아요. 어떻게 이렇게 소리를 맞춰 내요?"

우리 할아버지가 말했다.

"넷이 같이 노래한 지 벌써 1년이 넘었어. 척하면 척, 눈치가 백 단이지. 이제 네 할아버지가 '음.' 하면 우린 그 소리 듣고 '둣둣.' 하거든."

기분이 풀린 밤빵 할아버지가 카드를 꺼내 우석 오빠에게 내밀었다.

"우석아, 가서 커피 사 와라. 우린 뜨뜻한 아메리카노, 너랑 두나는 먹고 싶은 걸로."

"두나야, 가자."

우석 오빠가 나를 불렀다. 내 이름이 이렇게 달콤했나?

우석 오빠는 나보다 두 살 많다. 엄마는 삼촌과 함께 온 여자 친구를 보고 두 살 차이라 딱이라며 좋아했었다. 초등학교 5학년과 중학교 1학년은 같은 두 살 차이지만 너무 멀게 느껴진다. 내 주변 애들은 다들 끼리끼리 만난다. 4학년은 4학년끼리 사귀고 5학년은 5학년끼리 사귄다.

'우석 오빠, 2년만 더 늦게 태어나지.'

그랬으면 초등학교도 같이 다니고, 중학교도 같이 올라갔을 거다.

커피 전문점으로 가는 길에 햇살이 쏟아졌다. 바람이 나무를 간질이고, 새가 울고, 다른 새가 답했다. 세상의 음들이 어디서나 대화하듯 어우러지고 있었다.

나는 우석 오빠와 커피 전문점에 들어갔다. 오빠는 따뜻한 아메리카노 네 잔과 자몽 에이드를 시켰다. 나도 오빠를 따라 자몽 에이드를 시켰다.

"우리 할아버지 재밌지? 금혼식에, 노래에. 우리 할아버지는 천년만년 사랑하며 사실 것 같아."

"가슴이 막 두근두근하지는 않으실걸. 그래도 사랑이야?"

"너는 어떻게 생각해?"

갑자기 되묻기라니. 반칙이다. 우물쭈물했더니 오빠가 다시 말했다.

"사랑은 한 가지 모양이 아닌 것 같아. 나도 잘 모르지만."

그러고는 또 물었다.

"할아버지들 어떠셔? 연습 즐겁게 하고 계셔?"

"오빠가 밤빵 할아버지 격려 많이 해 드려. 방방이 뛸 때처럼 마음이 오르락내리락하셔. 금혼식에서 노래 망칠까 봐 걱정되시나 봐."

우석 오빠가 큰 손을 내 머리 위에 가볍게 얹었다.

"어른스럽다, 두나."

두 볼이 뜨끈해졌다. 속으로 말을 걸었다.

'어른스러운 5학년 어때, 오빠?'

두 달 전 토요일에 달큰한 밤빵 향기와 함께 교실로 우석 오빠가 들어왔다. 교실을 둘러본 우석 오빠가 디지털 피아노 앞에 멈춰 섰다. 띵, 띵 건반을 두드려 보고 의자에 앉았다. 곧 빗방울같이 맑은 피아노 음이 손끝에서 톡톡 터져 나왔다. 긴 손가락으로 피아노 건반을 두드리는 모습이 멋있는 줄 처음 알았다. 그 모습을 무심코 영상으로 촬영했다. 그게 실수였다. 나는 틈틈이 영상을 들여다보다 우석 오빠에게 마음을 빼앗기고 말았다.

음료수가 나왔다. 우석 오빠가 자몽 에이드 두 잔을 나에게 건넸다. 우석 오빠는 뜨거운 아메리카노를 두 개씩 담은 캐리어를 양손에 들고 앞장섰다.

"빨간 장미, 분홍 장미. 뭐가 좋을까."

우석 오빠가 중얼거려 깜짝 놀랐다. 나도 모르게 답을 하고 말았다.

"분홍 장미."

분홍 장미 꽃말은 사랑의 맹세다. 우석 오빠가 나에게 사랑의 맹세를 해 준다면. 나를 바라보며 속삭이듯 말해 줬으면.

'두나야, 넌 분홍 장미가 어울려.'

"두나야."

오빠가 진짜로 내 이름을 불렀다. 심장이 철렁한다는 게 이런 거구나. 가슴속에 북이 둥둥둥 울려 왔다. 얼굴이 뜨거워졌다. 오빠의 얇은 입술이 예쁘게 휘어졌다.

"분홍 장미 받아 봤어?"

못 받아 봤다고 하면 시시한 애로 볼까. 나

는 가까스로 머리를 짜냈다.

"곧 받을 거야. 백 살까지 산다고 쳤을 때 내 인생은 아직 88퍼센트 남아 있어. 그동안 분홍 장미를 줄 남자 친구가 안 생기겠어?"

우석 오빠가 내 말에 웃음을 터트렸다. 그런데 우석 오빠는 왜 장미 얘기를 하지? 훅 찔러보았다.

"오빠, 장미 왜? 여친이랑 기념일이야?"

우석 오빠가 불에 덴 듯이 화들짝 놀랐다.

"우리 할아버지가 너한테도 말했어?"

심장을 꽉 잡아 누르는 듯한 말이었다. 나는 우석 오빠 손가락을 보았다. 반지라도 끼고 있었으면 진작 알았을걸. 절로 원망스러운 목소리가 나왔다.

"왜 커플링 안 끼었어?"

우석 오빠가 쑥스러운 듯 중얼거렸다.

"그래. 선물은 역시 반지가 좋겠지?"

할아버지는 아카펠라에서 가장 중요한 게 듣는 거라고 했다. 다른 사람 소리에 귀 기울이고 그 소리에 자신을 맞춰야 한다고 했다. 우석 오빠는 내 마음의 소리는 하나도 못 듣고 자기 소리만 냈다.

우리는 주민 센터 교실로 돌아왔다. 우석 오빠가 커피를 하나씩 할아버지들에게 나눠 주었다. 나는 자몽 에이드를 우석 오빠에게 내밀었다. 내 손등에 깃털처럼 닿은 우석 오빠 손가락에 마음이 아렸다. 할아버지가 밤빵을 찢어 나에게 주었다. 밤빵이 아직 따뜻해 슬펐다. 자몽 에이드를 마셨다. 상큼할 줄 알았는데 달고 쓸쓸했다.

휴대폰으로 시간을 확인한 우석 오빠가 교실을 나갔다. 나는 창 앞에 서서 밖을 내다보았다. 오빠는 주민 센터를 나가 2차선 도로 건널목을 건너갔다. 담벼락 그늘에 우석 오빠의 여자 친구가 서 있었다. 바람이 벚꽃 잎을 날렸다. 꽃비 속 우석 오빠 손과 여자 친구 손이 하나로 얽혔다. 자그만 여자 친구와 껑충한 우석 오빠가 함께 걸어갔다.

"두나야, 우리 영상 촬영해 줘."

할아버지 목소리에 멀리까지 흘러가던 눈이 교실 안으로 돌아왔다. 휴대폰 카메라를 켰다. 다시 연습이 시작되었다. 멍한 귓속으로 노래가 파고들었다.

"몰랐던 그대와 단둘이 손잡고. 알 수 없는 이 떨림과 둘이 걸어요."

입술에 바른 장미색 입술 보호제를 손등으로 북 닦아 냈다.

닦아도 닦아도 우석 오빠에게 물든 마음은 지워지지 않았다.

왜 나는 짝사랑을 멈추지 못할까.

　지금 내 마음은, 여전히 봄이었다.

작가의 말

내 손가락은 뭉툭하고 손톱은 깍두기처럼 네모납니다. 나는 이렇게 못난 손이 좋습니다. 아빠 손을 꼭 닮았거든요.

첫 동화가 당선되기 한 해 전 여름, 나는 대학 병원 수술실 앞에서 가족들과 새우잠을 잤습니다. 갑작스레 잡힌 수술이었습니다. 그날 수술실로 들어가시는 아버지 앞에서 바보같이 눈물만 보였습니다. 미처 사랑한다고 말하지 못했습니다.

'아빠, 사랑해. 아주아주 사랑해.'

아껴도 되는 말인 줄 알았습니다. 그렇게 이별할 줄 몰랐습니다.

그때 하지 못한 말을 이제야 이 단편집에 담습니다.

편지 쓰듯 「영혼 단추」를 쓰며 아버지의 사랑에 대해 생각했습니다. 곁에 계셔 감사한 어머니의 단단한 사랑도요. 무수한 사랑이 나를 키웠습니다. 소중한 이들과 여러 형태의 사랑을 주고받았습니다. 그 사랑에 대한 단상들이 단편집에 점점이 박혔습니다.

이 단편집은 사랑에 관한 이야기입니다. 승아, 서라와 차예, 고요와 수호, 담이, 가온과 경지, 두나. 단편집 속 열두 살 아이들은 때로 휘어지고 때로 휘청이면서도 하늘을 향해 자랍니다. 서투르나마 마음을 내보이고, 이해하고, 배려하며 여물어 갑니다. 애틋한 마음 뿌리를 이루는 것은 타인과 세상을 사랑하는 마음입니다. 모든 사랑에 주고받음이 이루어질 수는 없지만, 사랑은 우리를 더 나은 사람으로 만듭니다.

책에 실린 두 단편 「안녕」과 「지금은, 봄」을 귀한 지면에 실어 주신 〈열린 아동문학〉과 「지금은, 봄」을 우수작품으로 선정해 주신 한국아동문학인협회, 단편집 발간 지원을 해 주신 한국문화예술위원회에 감사드립니다. 미처 깨닫지 못하고 있던 설정의 오류를 섬세하게 잡아 주신 이여름 편집자님, 늘 밝은 기운 전해 주시는 사계절출판사에 감사드립니다.

오주영

낭만 복숭아

2025년 1월 13일 1판 1쇄

지은이 오주영 | 그린이 경혜원
편집 장슬기, 윤설희, 최경후, 이여름 | 디자인 권소연
제작 박홍기 | 마케팅 이장열, 김지원 | 홍보 조민희
인쇄 코리아피앤피 | 제책 J&D바인텍
펴낸이 강맑실 | 펴낸곳 (주)사계절출판사 | 등록 제406-2003-034호
주소 (우)10881 경기도 파주시 회동길 252
전화 031)955-8588, 8558 | 전송 마케팅부 031)955-8595 편집부 031)955-8596
홈페이지 www.sakyejul.net | 전자우편 literature@sakyejul.com | 블로그 blog.naver.com/skjmail
페이스북 facebook.com/sakyejulkid | 인스타그램 instagram.com/sakyejulkid

© 오주영, 경혜원 2025

ISBN 979-11-6981-351-8 74810
ISBN 978-89-5828-471-0 (세트)

* 이 도서는 2024년 한국문화예술위원회 아르코문학창작기금(문학 창작산실) 사업에 선정되어 발간되었습니다.
* KOMCA 승인필